John Steinbeck
Von Mäusen und Menschen

Roman

dtv

Die Taschenbibliothek

Deutsch von
Elisabeth Rotten

Ungekürzte Ausgabe

Januar 1996
Deutscher Taschenbuch Verlag GmbH & Co. KG,
München
© 1937 und 1965 John Steinbeck
Titel der amerikanischen Originalausgabe:
›Of Mice and Men‹
© 1940 der deutschsprachigen Ausgabe:
Humanitas Verlag, Zürich
© 1985 Diana Verlag, Zürich
ISBN 3-905414-17-1
© 1992 Paul Zsolnay Verlag Gesellschaft m.b.H., Wien
Umschlaggestaltung: Balk & Brumshagen
Umschlagbild: ›July Hay‹ (1942–43) von Thomas Hart Benton
(© VG Bild-Kunst, Bonn 1995)
Satz: Design-Typo-Print, Ismaning
Druck und Bindung: C. H. Beck'sche Buchdruckerei,
Nördlingen
Printed in Germany · ISBN 3-423-08313-1

I

Einige Meilen südlich von Soledad senkt sich der Salinas-Fluß am hügeligen Ufer in ein eingeschlossenes Bett und läuft tief und grün dahin. Und das Wasser ist warm, denn es ist im Sonnenlicht plätschernd über den gelben Sand geflossen, ehe es die enge, teichartige Stelle erreichte. An der einen Seite des Flusses winden sich die goldenen Abhänge des waldigen Hügellandes jäh empor zu dem mächtigen Felsgestein des Gabilan-Gebirges, aber auf der Talseite ist das Wasser von Bäumen umsäumt – von Weiden, frisch ergrünend mit jedem Frühling, während am unteren Blattgezweige noch die Überbleibsel der winterlichen Anschwemmungen haften; und von Maulbeerbäumen, deren weißlich gefleckte Äste und Zweige sich bogenförmig über den Teich spannen. Am Sandufer unter den Bäumen liegt das Laub tief und so dürr, daß es gewaltig knistert, wenn eine Eidechse drüber hinwegläuft. Hasen wagen sich aus dem Gebüsch und sitzen des Abends auf dem Sand, und die feuchten Sandbänke sind übersät von den nächtlichen Spuren von Waschbären, den ausgetretenen Fährten von Hunden aus den umliegenden Farmen und den keilförmigen Hufabdrücken des Wildes, das im Dunkel zur Tränke daherkommt.

Zwischen den Weiden hindurch, entlang den Maulbeerbäumen, läuft ein Pfad, festgetreten von den Burschen, die von den Farmen kommen, um in dem tiefen Teich zu schwimmen, oder auch von Landstreichern, die müde die Landstraße verlassen haben, um gegen Abend im Dickicht beim Wasser zu kampieren. Gegenüber dem untersten waagrechten Ast eines riesigen Maulbeerbaumes liegt ein Aschenhaufen, der Überrest von vielen Feuern; der Ast ist abgescheuert von den vielen Männern, die darauf gerastet haben.

Am Abend eines heißen Tages setzte ein leichter Wind ein und säuselte leise zwischen den Blättern. Der Schatten war schon hügelan die Höhe hinaufgeklettert. Auf den Sandbänken saßen eben noch die Hasen so unbeweglich wie graue behauene Steine. Da ertönte von der staatlichen Landstraße her ein Geräusch von Fußtritten auf dem dürren Laub der Maulbeerblätter. Eilends und unhörbar suchten die Hasen nach Deckung. Ein stelzfüßiger Reiher arbeitete sich in die Luft empor und bewegte sich flußabwärts. Dann tauchten die Gestalten zweier Männer von dem Pfad her auf und kamen auf die Lichtung an dem grünen Teich zu. Sie kamen im Gänsemarsch den Weg herunter, und auch wo dieser sich lichtete, ging einer hinter dem anderen. Sie trugen Drillichhosen und ebensolche Röcke mit Messingknöpfen. Beide hatten schwarze zerknitterte Hüte, und über den Schultern trugen sie fest zusammengerollte Decken. Der erste war klein und behend, mit dunklem Gesicht, unruhigen Augen und scharf geprägten Gesichtszügen. Alles an ihm war bestimmt: kleine, kräftige Hände, schlanke Arme, eine schmale knochige Nase. Hinter ihm erschien sein Gegenbild: ein hochgewachsener Mann mit ausdruckslosem Gesicht, großen farblosen Augen und breiten, herabhängenden Schultern; er ging schwer, mit schleppenden Füßen, wie ein Bär, der die Pfoten hinter sich herzieht. Seine Arme schwangen nicht am Körper, sie hingen lose herab und bewegten sich nur nach der Pendelbewegung der Hände.

Der Vordermann hielt in der Lichtung kurz an, so daß ihn sein Hintermann fast überrannt hätte. Er nahm seinen Hut ab und wischte mit dem Zeigefinger über das Schweißband, die Feuchtigkeit abschüttelnd. Sein großer Gefährte warf seine Decken ab, stürzte sich der Länge nach hin und trank von der Oberfläche des grünen Teichs; trank in langen Zügen und schnaufte ins Wasser hinein wie ein Pferd. Der Kleinere trat hastig neben ihn.

»Lennie«, sagte er scharf. »Lennie, um Gottes willen, trink nich so viel.« Lennie schnaufte weiter in den Teich hinein. Der andere lehnte sich über ihn und rüttelte ihn an der Schulter. »Lennie! Dir wird schlecht werden wie gestern abend.«

Lennie tauchte seinen Kopf unter, samt Hut und allem. Dann setzte er sich ans Ufer, und es tropfte vom Hut auf seinen blauen Kittel und lief ihm den Rücken hinunter. »'s gut«, sagte er. »Trink auch, George. Nimm 'nen guten großen Schluck.« Er lächelte glücklich.

George legte sein Bündel ab und ließ es sanft ans Ufer fallen. »Bin nich sicher, daß es gutes Wasser is. Sieht mir so schaumig aus.«

Lennie tauchte seine große Pfote ins Wasser und schnappte mit den Fingern, so daß es in kleinen Spritzern emporschnellte. Über den Teich zogen sich immer größere Ringe und kamen zur Ursprungsstelle zurück. Lennie sah ihrem Spiel zu. »Guck George. Guck, was ich gemacht hab.«

George kniete neben dem Teich und trank aus der hohlen Hand in kurzen Zügen. »Schmeckt ganz ordentlich«, gab er zu. »Scheint aber doch nicht richtig zu fließen. Solltest nie Wasser trinken, das nich fließt, Lennie. Würdest aus dem Rinnstein trinken, wenn du durstig wärst«, sagte er mutlos.

Dann warf er sich eine Handvoll Wasser ins Gesicht und verrieb es mit der Hand bis unters Kinn und hinten den Nacken hinunter. Dann setzte er seinen Hut wieder auf, rückte ein Stück weg vom Fluß, zog die Knie hoch und umschlang sie mit den Armen. Lennie hatte ihn beobachtet und machte nun George alles genau nach. Er rückte ein Stück vom Wasser ab, zog die Knie hoch, umschlang sie und blickte zu George hinüber, um zu sehen, ob alles stimmte. Seinen Hut zog er etwas tiefer ins Gesicht, so wie George.

George starrte trübsinnig ins Wasser. Seine Augenränder waren von der grellen Sonne gerötet. Ärgerlich sagte er: »Wir hätten geradesogut direkt bis hin zur Farm fahren können, wenn der vertrackte Busfahrer Bescheid gewußt hätte. Wußte nich, was er redete. ›Ja, 'n Stückchen auf der Landstraße‹, sagte er. ›Ja, 'n kleines Stück.‹ Gott verdamm' mich, fast vier Meilen, so viel is es. Wollte nich am Farmtor halten, das war's. Zu verflixt faul, um zu stoppen. Wundert mich, daß er die Gnade hat, überhaupt in Soledad zu halten. Schmeißt uns raus, sagt: ›Ja, 'n Stückchen auf der Straße.‹ Wetten, daß es mehr als vier Meilen is. Verdammt heißer Tag heute.«

Lennie sah schüchtern zu ihm hinüber. »George?«

»Ja, was willste?«

»Wohin gehn wir, George?«

Der Kleine zog mit einem Ruck seine Hutkrempe hinunter und schaute finster zu Lennie. »Haste das schon wieder vergessen, was? Muß ich dir's nochmals sagen, ja? Jesus Christus, du bist ein elender Bastard!«

»Ich hab's vergessen«, sagte Lennie sanft. »Hab versucht, es nich zu vergessen. So wahr mir Gott helfe, George.«

»Schon recht, schon recht. Werd's dir noch mal sagen. Hab

ja nix zu tun. Könnte meine ganze Zeit damit zubringen, dir was zu sagen, und du vergißt es, und ich sag dir's wieder.«

»Hab's probiert und probiert«, sagte Lennie. »Half nichts. Weiß aber von den Kaninchen, George.«

»Zum Teufel mit den Kaninchen. Alles, an was du dich je besinnen kannst, sind de Kaninchen. Schon recht! Diesmal paß auf und behalt's gut, daß wir nich ins Unglück kommen. Weißte noch, wie wir auf der Howard Street am Rinnstein saßen und auf das Anschlagebrett guckten?«

Auf Lennies Gesicht zeigte sich ein verzücktes Lächeln. »Aber gewiß, George. Weiß noch gut. Aber was dann? Weiß noch, da kamen 'n paar Mädchen vorbei, und du sagst … du sagst …«

»Zum Teufel mit dem, was ich gesagt hab. Weißte nich, wie wir zu Murray und Ready hineingingen, und wie sie uns Arbeitsbücher und Buskarten gaben?«

»Doch, doch, George. Jetzt weiß ich wieder.« Seine Hand schlüpfte schnell in die seitlichen Rocktaschen. Zaghaft sagte er: »George – ich hab meins nich. Muß es verloren ha'm.« Er schaute verzweifelt zu Boden.

»Hast nie eins gehabt, verrückter Bastard. Hab se beide hier. Meinste, ich ließe dich dein eignes Arbeitsbuch bei dir tragen?«

Lennie grinste erleichtert. »Ich … ich dachte, ich hätte meins in de Rocktasche gesteckt.« Seine Hand glitt in die Tasche zurück.

George blickte ihn scharf an. »Was haste da aus der Tasche genommen?«

»Nix is in meiner Tasche«, sagte Lennie schlau.

»Stimmt. Hast's in der Hand. Was versteckste da in der Hand?«

»Nix, gar nix, George. Ehrlich.«

»Komm, gib's her.«

Lennie zog die geschlossene Hand von George weg.
»Bloß 'ne Maus, George.«

»Eine Maus? Eine lebendige Maus?«

»Mm … mm. Bloß 'ne tote Maus, George. Hab se nich
getötet. Hab se gefunden. Ehrlich! Tot gefunden.«

»Gib her«, sagte George.

»Ach, laß mich se haben, George.«

»*Gib sie her!*«

Langsam gehorchte Lennies geschlossene Hand. George
nahm die Maus und warf sie quer über den Teich an die andere Seite, ins Gebüsch hinein. »Wozu brauchste überhaupt
'ne tote Maus?«

»Ich konnte se im Gehn mit dem Daumen streicheln«,
sagte Lennie.

»Na ja, solang du mit mir gehst, wirste keine Maus streicheln. – Besinnste dich jetz, wohin wir gehn?«

Lennie fuhr hoch – dann barg er verlegen das Gesicht
zwischen den Knien. »Habs' wieder vergessen.«

»Jesus Christus«, sprach George mit einem Stoßseufzer.
»Also paß auf. Wir gehn auf einer Farm arbeiten, ähnlich
wie die, von der wir kommen oben im Norden.«

»Oben im Norden?«

»In Weed.«

»O ja doch. Ich besinn mich. In Weed.«

»Die Farm, zu der wir gehn, is da unten, etwa eine viertel
Meile von hier. Müssen uns dem Chef vorstellen. Jetz gib
acht. Ich werd' ihm unsre Arbeitsbücher geben, aber du
wirst einfach kein Mucks sagen. Mußt einfach dastehen
und's Maul nich aufmachen. Wenn er rauskriegt, was für'n

verrückter Bastard du bist, dann kriegen wir keine Arbeit, aber wenn er dich schaffen sieht, eh du redest, dann sind wir gemachte Leute. Kapiert?«

»Jawoll, George. Hab's bestimmt kapiert.«

»Gut so. Also wenn wir zum Chef gehn, was tuste dann?«

»Ich … ich …«, Lennie dachte nach. Sein Gesicht wurde straff unter der Anstrengung des Denkens. »Ich werde kein Mucks sagen. Bloß so dastehn.«

»Guter Kerl. Großartig. Nu sag das zwei-, dreimal vor dich hin, daß de's nich vergißt.«

Lennie brummelte leise zu sich selbst: »Kein Mucks sagen. Kein Mucks sagen. Kein Mucks sagen.«

»Recht so«, sagte George. »Und wirst nix Schlimmes anstellen wie in Weed – verstehste?«

Lennie sah verdutzt drein. »Wie in Weed?«

»Oh – haste das auch vergessen, was? Na, ich werd dich nich dran erinnern, sonst möchtest es noch mal machen.«

Ein Schimmer von Verständnis zog sich über Lennies Gesicht. »Sie haben uns rausgesetzt in Weed«, platzte er triumphierend heraus.

»Uns rausgesetzt, zum Teufel«, sagte George entrüstet. »Wir haben uns davongemacht. Sie waren hinter uns her, aber sie konnten uns nicht kriegen.«

Lennie kicherte glückselig. »Das hab ich nich vergessen, wetten?«

George lehnte sich in den Sand zurück und kreuzte seine Hände im Nacken. Lennie machte es ihm nach und hob den Kopf ein wenig, um zu schauen, ob er es richtig machte.

»Mein Gott, was machste für Mühe. Ich könnte so leicht und so gut vorwärtskommen, wenn ich dich nich im

Schlepptau hätte. Könnte so bequem leben und vielleicht eine Liebste haben.«

Einen Augenblick lag Lennie still, dann sagte er hoffnungsvoll: »Wir gehn auf einer Farm arbeiten, George.«

»Richtig. Das haste kapiert. Aber wir schlafen hier. Hab' meine Gründe dafür.«

Der Tag neigte sich schnell seinem Ende zu. Nur noch die Gipfel des Gabilan-Gebirges flammten im Sonnenlicht, welches das Tal verlassen hatte. Eine Wasserschlange schlüpfte über den See, das Köpfchen hochhaltend wie ein kleines Periskop. Das Schilf bog sich leicht in der Strömung. Weit weg auf der Landstraße rief ein Mann etwas, und ein anderer rief etwas zurück. Die Äste des Maulbeerbaumes raschelten unter einem Windhauch, der sich aber gleich darauf legte.

»George, warum geh'n wir nich zu der Farm un krieg'n was zu essen. Es gibt Nachtessen auf der Farm.«

George rollte auf ihn zu. »Das is gar nicht sicher. Hier gefällt's mir. Morgen wer'n wir arbeiten geh'n. Hab schon Dreschmaschinen auf dem Weg hinunter gesehn. Das bedeutet, daß wir Kornsäcke laden werden, bis uns die Gedärme platzen. Heut abend will ich hier liegen un hochgucken. Gefällt mir so.«

Lennie hockte auf den Knien und blickte zu George hinunter. »Ha'm wir dann kein Nachtessen?«

»Doch, natürlich, wenn du'n paar dürre Weidenzweige sammelst. Hab' drei Büchsen Bohnen im Bündel. Mach du das Feuer. Wenn du die Zweige zusammen hast, geb ich dir ein Zündholz. Dann machen wir de Bohnen warm und essen zu Nacht.«

Lennie bemerkte: »Ich eß gern Bohnen mit Ketchup.«

»Schön, aber wir haben halt kein Ketchup. Nu geh un such Holz. Un bummle nich rum. Nich mehr lang, un 's is finster.«

Lennie machte sich schwerfällig auf die Füße und verschwand im Gebüsch. George blieb liegen und pfiff leise vor sich hin. Plötzlich hörte er Wassergeplätscher vom Fluß her, aus der Richtung, in der Lennie davon war. George hörte auf zu pfeifen und lauschte. »Armer Bastard«, sagte er leise, und er fuhr fort zu pfeifen.

Einen Augenblick später kam Lennie geräuschvoll durch die Büsche zurück. George richtete sich auf. »Na«, sagte er schroff. »Gib mir die Maus.«

Aber Lennie machte eine wohleinstudierte Geste der Unschuld. »Was für 'ne Maus, George? Hab keine Maus.«

George streckte seine Hand aus. »Komm, komm. Gib se her. Du beschwindelst mich nich.«

Lennie zögerte, trat zurück und blickte wild die Buschlinien entlang, als überlege er, in die Freiheit zu entrinnen. George sagte kühl: »Gibste mir die Maus, oder muß ich dich erst versohlen?«

»Was soll ich dir geben?«

»Verflucht, du weißt wohl, was. Die Maus will ich haben.«

Widerstrebend griff Lennie in seine Tasche. Seine Stimme brach fast. »Weiß nich, warum ich se nich behalten darf. Is doch niemands Maus. Hab se nich gestohlen. Hab se dicht am Weg liegen sehn.«

Georges Hand blieb befehlend ausgestreckt. Langsam, wie ein Terrier, der keine Lust hat, seinem Herrn den Ball zu bringen, näherte sich Lennie, zog sich zurück, kam wieder näher. George schnappte scharf mit den Fingern. Daraufhin legte Lennie die Maus in seine Hand.

»Wollte doch nix Schlechtes damit machen, George. Bloß streicheln.«

George erhob sich und schleuderte die Maus, so weit er konnte, ins dunkle Gebüsch, und dann ging er zum Teich und wusch sich die Hände. »Narr, verrückter. Denkst, ich konnte nich sehn, daß deine Füße naß waren, wo du über den Fluß gegangen bist, um se zu holen?« Er hörte Lennies wimmernde Schreie und ging erregt umher. »Flennst wie 'n Baby! Jesus Christus! Ein großer Bursche wie du!« Lennies Lippen bebten, Tränen stürzten in seine Augen. »Ach, Lennie!« George legte die Hand auf seine Schulter. »Hab' se dir nich aus Gemeinheit weggenommen. Sieh, die Maus war nich frisch, Lennie. Außerdem haste se beim Streicheln durchgebrochen. Find dir 'ne andre Maus, und wenn se frisch is, darfst du se 'n bißchen behalten.«

Lennie hockte auf den Boden nieder und ließ den Kopf niedergeschlagen hängen. »Weiß doch nich, wo eine andre Maus is. Ich erinner' mich, eine Dame gab mir immer welche – jede Maus, die sie kriegen konnte. Aber die Dame is nich hier.«

George blickte spöttisch drein. »Dame? Puh – besinnst dich nich mal, wer die Dame war. War deine eigne Tante Klara. Und schließlich hat se dir keine mehr gegeben. Weil du se immer tot machtest.«

Lennie sah traurig zu ihm auf. »Se waren so klein«, sagte er entschuldigend. »Ich hab se gestreichelt, und bald bissen se mich in de Finger, und dann zwickte ich se 'n bissel am Kopf – und schon war'n se tot – weil se so klein war'n. Ich wünschte, wir könnten bald ein paar Kaninchen fangen, George. Die sind nich so klein.«

»Zum Teufel mit den Kaninchen. Und dir kann man keine lebende Maus anvertrauen. Deine Tante Klara gab dir eine Gummimaus, aber du wolltest nix damit zu tun haben.«

»War nich gut zu streicheln«, erklärte Lennie.

Das flammende Licht des Sonnenuntergangs verschwand hinter den Berggipfeln, und Dämmerung schlich sich ins Tal. Halbdunkel legte sich um die Weiden und die Maulbeerbäume. Ein großer Karpfen tauchte an der Oberfläche des Teiches auf, schnappte Luft und versank geheimnisvoll wieder ins dunkle Wasser, während oben sich Ringe bildeten und immer größere Kreise zogen. Oben fegten die Blätter wieder dahin, und kleine Bäuschchen Weidenwolle schwebten nieder und landeten an der Oberfläche des Wassers.

»Gehste jetz das Holz holen?« fragte George. »Gibt'n Haufen dort gradewegs hinter dem Maulbeerbaum. Angeschwemmtes Holz. Nu geh und hol's.«

Lennie ging hinter den Baum und brachte einige trockene Blätter und kleine Zweige. Er schichtete sie auf einen Haufen über der alten Asche und ging nochmals und holte immer mehr. Es war beinahe Nacht geworden. Ein Paar Taubenflügel glitt übers Wasser. George ging zur Feuerstelle und zündete die dürren Blätter an. Die Flamme prasselte durch die Zweige und breitete sich aus. George schnürte sein Bündel auf und förderte drei Büchsen Bohnen zutage. Er stellte sie ans Feuer, dicht gegen die Glut, doch so, daß die Flamme sie nicht berührte.

»Genug Bohnen für vier Mann«, sagte George.

Lennie beobachtete ihn über das Feuer hinweg. »Ich esse sie gern mit Ketchup«, wiederholte er gelassen.

»Na, wir ha'm aber keins«, brauste George auf; »immer was wir nich ha'm, das willste. Allmächt'ger Gott, wär ich

13

alleine, wie leicht könnt ich leben. Könnte Arbeit kriegen und schaffen, und keine Sorgen. Und Ende des Monats könnt ich meine fünfzig Dollar oder mehr einstreichen und zur Stadt gehn und damit machen, was ich wollte. Könnte die ganze Nacht ausbleiben. Könnte essen, wo ich wollte, im Hotel oder wo's mir einfiele, und bestellen, worauf ich Lust hätte. Jeden verflixten Monat könnt ich das alles machen. Könnte eine Gallone Whisky haben oder in einer Spielhalle sitzen und Karten oder Billard spielen.« Lennie kniete und blickte über das Feuer auf den erbosten George. Sein Gesicht verzog sich vor Schrecken. »Und was hab ich?« fuhr George wütend fort. »Dich hab ich! Du kannst bei keiner Arbeit bleiben, und durch dich verlier ich jede Arbeit, die ich kriege. So schieb ich die ganze Zeit übers ganze Land. Und das is noch nich das Schlimmste. Du rennst ins Unglück. Du stellst schlimme Sachen an, und ich muß dich raushauen.« Seine Stimme erhob sich fast zum Schreien. »Du verrücktes Mannsbild. Dank dir macht man mir immer die Hölle heiß.« Er schlug um in den gezierten Ton kleiner Mädchen, wenn sie einander nachmachen. »Wollte bloß das Kleid des Mädchens anfühlen – bloß es streicheln, als ob's 'ne Maus wär – wie zum Teufel konnte se wissen, daß du bloß ihr Kleid anfühlen wolltest? Sie prallt zurück und du hältst sie fest, als wär's wahrhaftig eine Maus. Sie schreit, und wir müssen uns in einem Abzugsgraben verstecken, und den lieben langen Tag suchen uns die Burschen, und wir müssen uns im Dunkeln rausschleichen und aus dem Staube machen. Und immer so was – immerfort. Wollt, ich könnt dich in einen Käfig stecken mit einer Million Mäuse und dich deinen Spaß haben lassen.«

Sein Ärger war plötzlich verflogen. Er sah durch das Feuer hindurch Lennies angstverzerrtes Gesicht, und beschämt starrte er in die Flammen.

Es war jetzt stockdunkel, aber das Feuer erleuchtete die Baumstämme und die gebogenen Äste zu ihren Häupten. Langsam und vorsichtig kroch Lennie um das Feuer herum, bis er dicht bei George war. Dann setzte er sich rücklings auf die Fersen. George drehte die Bohnenbüchsen um, so daß eine andere Seite zum Feuer gekehrt war. Er tat, als bemerkte er nicht, daß Lennie so nah bei ihm war.

»George«, tönte es sanft. Keine Antwort.

»George!«

»Was willste?«

»Ich habe nur Unsinn gemacht, George. Ich will gar kein Ketchup. Ich würde keins essen, wenn es hier neben mir stünde.«

»Wenn welches hier wäre, könnte's haben.«

»Aber ich würde keins nehmen, George. Ich würde dir alles lassen. Könntest deine Bohnen ganz damit bedecken, und ich würde nix davon anrühren.«

George starrte immer noch trübsinnig auf das Feuer. »Wenn ich denke, wie flott ich's ohne dich haben könnte, dann werd ich verrückt. Ich komm nie zur Ruhe.«

Lennie kniete noch immer. Er schaute zum Fluß hin ins Dunkel. »George, möchtst du, daß ich weggehe und dich allein lasse?«

»Wo, zum Teufel, könntest du hingehn?«

»Könnte schon. Könnte dort in die Berge gehn. Irgendwo würd ich 'ne Höhle finden.«

»Ja was! Was würdste essen? Hast nicht Verstand genug, um was zu essen zu finden!«

15

»Würde schon finden, George. Brauch kein feines Essen mit Ketchup. Würde in der Sonne liegen, und keiner würde mir weh tun. Un wenn ich 'ne Maus fände, könnt ich se behalten. Keiner würde se mir nehmen.«

George blickte ihn ruhig und forschend an. »Ich war gemein, was?«

»Wenn de mich nich mehr willst, kann ich in die Berge fortgehn und 'ne Höhle finden. Kann jederzeit fortgehn.«

»Nein, sieh, Lennie, ich hab bloß dummes Zeug geredet. Ich will doch, daß de bei mir bleibst. Das Elend mit den Mäusen is, daß de se immer umbringst.« Er hielt inne. »Weißte was, Lennie. Sobald es geht, geb ich dir 'n jungen Hund. Den würdste vielleicht nich töten. Der wär besser als Mäuse. Und du könntest ihn doller streicheln.«

Lennie ließ sich nicht ködern. Er spürte seinen Vorteil. »Wenn de mich nich mehr willst, brauchst es bloß zu sagen, und weg bin ich dort zwischen den Hügeln – da kann ich für mich leben. Und keiner stiehlt mir keine Maus nich.«

George antwortete: »Ich will, daß de bei mir bleibst. Jesus Christus, wenn de allein wärst, würd dich jemand niederschießen, als wärste 'n Präriewolf. Nein, du bleibst bei mir. Deine Tante Klara möcht's nich ha'm, daß du alleine losliefst, selbst wenn se tot is.«

Lennie sagte pfiffig: »Erzähl mir – wie früher.«

»Was erzählen?«

»Von den Kaninchen.«

George ging hoch. »Du sollst mir nichts weismachen.«

Lennie bettelte: »Komm, George. Erzähl mir. Bitte, George. Wie früher.«

16

»Das macht dir Spaß, wie? – Meinetweg'n. Ich will dir erzählen, und dann woll'n wir zu Nacht essen.«

Georges Stimme bekam einen tieferen Klang. Er sagte die Worte rhythmisch her, als hätte er schon viele Male das gleiche gesagt. »Leute wie wir, die auf Farmen arbeiten, sind die einsamsten Geschöpfe auf der Welt. Haben keine Familie. Gehören nirgends hin. Sie kommen auf eine Farm und legen was auf die hohe Kante, und dann gehn se zur Stadt und hui fliegt das auf, was se verdient ha'm. Das nächste is, daß se's auf 'ner andern Farm probieren. Se sehn nix vor sich.«

Lennie war wie verzückt. »So is es – so is es. Nu sag, wie's mit uns is.«

George fuhr fort. »Nich so mit uns. Wir ha'm ne Zukunft. Wir ha'm jemand, mit dem wir reden können, das tut verflucht gut. Wir brauchen nich im Wirtshaus zu sitzen un unsern Verdienst in de Luft zu blasen, bloß weil wir nich wissen, wohin sonst. Wenn so'n Bursche ins Kittchen kommt, dann geht er zugrund, und jeder verdammt ihn. Aber mit uns is es nich so.«

Hier fiel Lennie ein. »*Nich so mit uns! Un warum? Weil … weil du für mich sorgst, und du hast mich, um für dich zu sorgen, und darum …*« Er lachte vor Seligkeit. »Weiter, George.«

»Du kannst's auswendig. Kannst selber weiter machen.«

»Nein, du. Ich hab 'n paar Sachen vergessen. Erzähl, wie's sein wird.«

»Also gut. Eines Tages schmeißen wir unsern Verdienst zusammen un kaufen 'n kleines Haus und 'n paar Acker Land und 'ne Kuh und 'n paar Schweine un …«

»*un leben vom Fett der Erde*«, rief Lennie aus. »Un ha'm Kaninchen. Weiter, George. Erzähl, was wir im Garten ha'm werden un von den Kaninchenställen un vom Regen im Winter und dem Ofen, und wie dick der Rahm auf der Milch is, daß man'n kaum schneiden kann. Erzähl davon, George.«

»Na tu's doch selbst. Weißt es alles.«

»Nein – erzähl du. Is nich dasselbe, wenn ich erzähle. Weiter, George. Wie ich de Kaninchen versorgen werde!«

»Also«, sagte George. »Wir werden 'n großes Gemüsebeet ha'm und 'n Kaninchenstall und Hühner. Un wenn's im Winter regnet, dann sagen wir: ›zum Teufel mit der Arbeit‹, un machen uns 'n Feuer im Ofen und sitzen drum rum un hörn auf den Regen, wie er aufs Dach platscht ... Ach Quatsch.« Er nahm sein Taschenmesser heraus. »Hab keine Zeit mehr.« Er trieb sein Messer durch den Deckel der einen Bohnenbüchse, sägte diesen aus und reichte Lennie die Büchse. Dann öffnete er die zweite. Aus der Seitentasche zog er zwei Löffel heraus und gab Lennie den einen.

Sie saßen am Feuer und stopften sich den Mund voll Bohnen und kauten mächtig. Ein paar Bohnen schlüpften Lennie zum Mund heraus. George machte ihm ein Zeichen mit dem Löffel. – »Was sagste morgen, wenn der Chef dich ausfragt?«

Lennie hielt mit dem Kauen und Schlucken inne. Man sah die Konzentration auf seinem Gesicht. »Ich ... ich ... werd nich 'n Mucks sagen.«

»Braver Junge! Das is gut, Lennie! Kann sein, daß es besser mit dir wird. Wenn wir die paar Äcker Land krieg'n, dann kann ich dich die Kaninchen versorg'n lassen. Besonders, wenn du so ein gutes Gedächtnis hast wie jetz.«

Lennie schnappte nach Luft vor Stolz. »Ich kann's behalten«, sagte er.

George fuchtelte wieder mit dem Löffel umher. »Paß auf, Lennie. Ich möchte, daß du dich hier gut umsiehst. Kannst du dir diesen Platz merken, he? Die Farm liegt etwa eine Viertelmeile von hier in dieser Richtung. Immer den Fluß entlang. Kapiert?«

»Bestimmt«, sagte Lennie. »Das kann ich behalten. Hab ich's nich auch behalten wegen kein Mucks nich sag'n?«

»Freilich. Nu gib acht. Wenn's wieder passieren sollte, daß du ins Unglück rennst, wie bis jetz immer, dann möcht ich, daß de genau nach hier kommst und dich im Gebüsch verstecken tust.«

»Im Gebüsch verstecken«, sprach Lennie langsam nach.

»Im Gebüsch verstecken, bis ich dir nachkomme. Kannste das behalten?«

»Bestimmt, George. Im Gebüsch verstecken, bis du mir nachkommst.«

»Aber de wirst nich ins Unglück rennen, denn wenn's so kommt, dann laß ich dich nich de Kaninchen versorgen.« Er schmiß die leere Bohnenbüchse ins Gebüsch.

»Ich werd nich ins Unglück rennen, George. Ich werd kein Mucks nich sagen.«

»Recht so. Bring dein Bündel hierher zum Feuer, 's wird fein sein, hier zu schlafen. Hochgucken. Und de Blätter. Schichte kein Feuer mehr auf. Wollen's ausgehn lassen.«

Sie richteten sich im Sand ihr Lager her, und wie die Glut zusammenfiel, wurde der Lichtkreis des Feuers kleiner. Die Blätter kräuselten sich und verschwanden, und nur noch ein schwacher Schimmer ließ erkennen, wo die Baumstämme waren. Aus der Dunkelheit tönte Lennies Stimme: »George, schläfst du?«

»Nein. Was willste?«

»Wir wolln Kaninchen von verschiedner Farbe ha'm, George.«

»Klar«, murmelte George schläfrig. »Rote und blaue und grüne Kaninchen. Millionen, wenn de willst.«

»Mit dickem Fell, George, wie ich auf dem Markt in Sacramento gesehn hab.«

»Ja, ja, mit dickem Fell.«

»Denn ich kann grad so gut fortgehn, George, und in 'ner Höhle leben.«

»Kannst grad so gut zum Teufel gehn«, sagte George. »Jetz halt's Maul.«

Der rote Schein auf den Kohlen verglomm. Auf dem Hügel am Ufer heulte ein Präriewolf, und von der anderen Seite des Flusses gab ein Hund Antwort. Die Maulbeerbäume säuselten unter einem leisen nächtlichen Windhauch.

II

Das Schlafgebäude war ein langer, rechteckiger Bau. Die Innenwände waren weiß getüncht und der Fußboden ungestrichen. Drei Wände hatten kleine, viereckige Fenster, und in der vierten war eine feste Tür mit einem hölzernen Türschnapper. An den Wänden waren acht Schlafstellen, von denen fünf mit Wolldecken hergerichtet waren, während man an den anderen dreien das grobe Sacktuch sah. Über jeder Schlafstelle war eine leere Kiste mit der Öffnung nach vorn angenagelt, so daß sie zwei Bretter für das persönliche Eigentum der Inhaber der Schlafstellen ergab. Auf diesen standen eine Menge kleiner Gegenstände, Seife und Talkumpuder, Rasiermesser, Wildwest-Zeitschriften, wie sie Landarbeiter gerne lesen – öffentlich spotten sie darüber, und heimlich hängen sie daran. Arzneien sah man auf den Brettern, kleine Fläschchen und Kämme; an den Nägeln der Seitenwände hingen ein paar Schlipse. An der einen Wand stand ein schwarzer gußeiserner Ofen; das Ofenrohr ging steilauf durch die Zimmerdecke. In der Mitte des Raumes stand ein großer viereckiger Tisch, auf dem Spielkarten herumlagen, und rundum waren Sitzplätze für die Spieler.

Etwa um zehn Uhr morgens warf die Sonne einen hellen Lichtstrahl durch eines der Seitenfenster, in dem der Staub bunt herumwirbelte; Fliegen schossen hindurch wie Sternschnuppen.

Der Türschnapper hob sich. Herein trat ein großer alter Mann mit hängenden Schultern. Er hatte Bluejeans an und trug einen Reisbesen in der linken Hand. Hinter ihm kam George, und hinter diesem Lennie.

»Der Chef hat euch schon gestern abend erwartet«, sagte der alte Mann. »Er war teufelswild, daß ihr heut früh nicht da wart, um mit rauszugehn.« Er machte ein Zeichen mit dem rechten Arm, und aus dem Ärmel kam ein Handgelenk, abgerundet wie ein Stock, aber keine Hand. »Ihr könnt die zwei Betten hier haben«, sagte er, indem er auf zwei Schlafstellen in der Nähe des Ofens zeigte.

George ging hinüber und warf seine Decken auf den Strohsack aus grober Leinwand, der als Matratze diente. Er sah in die Kiste über der Schlafstelle und entnahm ihr eine kleine gelbe Büchse. »Was zum Teufel is das?«

»Weiß nich«, sagte der Alte.

»Es heißt: ›Tötet absolut sicher Läuse, Schaben und anderes Ungeziefer!‹ Was für'n verteufeltes Bett gibste uns! Wir wolln nich die Hosen voll mit Haustieren haben.«

Der alte Barackenfeger schob seinen Besen herum und hielt ihn zwischen Ellbogen und Hüfte fest, während er die Hand nach der Büchse ausstreckte. Er studierte sorgsam das Etikett. »Will euch was sagen«, erklärte er schließlich, »der letzte Bursch, der dies Bett hatte, war ein Schmied, ein verteufelt netter Kerl und der sauberste Gesell, den man treffen kann. Wusch sich die Hände sogar *nach* dem Essen.«

»Wieso hat er dann Wanzen bekommen?« George wurde allmählich wütend. Lennie legte sein Bündel auf die nächstliegende Schlafstelle und setzte sich nieder. Er beobachtete George mit offenem Mund.

»Will euch was sagen«, ertönte es wieder von dem Alten. »Der Schmied hier – namens Whitey – war so'n Bursche, der solches Zeug aufstellte, auch wenn's keine Wanzen hatte – bloß um ganz sicher zu sein – versteht ihr? Will euch sagen, was er zu tun pflegte. Beim Essen schälte er die Pellkartoffeln und nahm jedes winzige Fleckchen raus, was es auch sein mochte, eh er aß. Und wenn ein Ei ein rotes Pünktchen hatte, kratzte er's fort. Schließlich ging er weg wegen der Kost. So'n Bursche war das – sauber. Zog sich immer sonntags gut an, auch wenn er nirgends hin ging, band sich 'n Schlips um und saß dann im Schlafgebäude.«

»Bin noch nich sicher«, sagte George skeptisch. »Warum sagste, daß er wegging?«

Der Alte steckte die gelbe Büchse in seine Tasche und rieb sich den struppigen weißen Backenbart mit den Knöcheln. »Na, er ging eben weg, wie die Burschen das so machen. Sagte, es sei wegen der Kost. Wollte sich eben verändern. Gab keinen anderen Grund an als die Kost. Sagte bloß eines Abend: ›Meine Zeit is um‹, so wie die Burschen das eben tun.«

George hob die Sackleinwand hoch und guckte darunter. Er untersuchte vornübergebeugt alles genau. Lennie stand sofort auf und machte an seinem Bett dasselbe. Endlich schien George befriedigt. Er machte sein Bündel auf und legte kleine Gegenstände auf die Bretter, sein Rasiermesser und ein Stück Seife, seinen Kamm und ein Fläschchen mit Pillen, eine Flüssigkeit zum Einreiben und Lederstulpen für die Handgelenke. Dann machte er sich sein Bett ordentlich mit den Bettdecken zurecht. Der Alte sagte: »Ich glaube, der Chef wird jeden Augenblick hier sein. Er war richtig wütend, als ihr heut morgen nicht hier wart. Kam reingeplatzt, als wir beim Frühstück saßen und fragte: ›Wo zum Teufel sind die Neuen?‹ Und er machte dem Stallknecht die Hölle heiß, noch dazu.«

George glättete das letzte Fältchen von seinem Bett und setzte sich dann nieder. »Machte dem Stallknecht die Hölle heiß?« fragte er.

»Ja doch. Ihr müßt wissen, der Stallknecht ist ein Nigger.«

»Nigger – was?«

»Jawoll. Aber ein netter Kerl. Hat 'n krummen Rücken, weil ein Pferd nach ihm getreten hat. Wenn der Chef in Wut is, läßt er's am Stallknecht aus. Aber der kümmert sich nich drum. Liest viel. Hat Bücher in seinem Zimmer.«

»Was für'n Mensch ist der Chef?« fragte George.

»Tja – er is 'n ganz netter Kerl. Kann oft sehr wütend werden, aber 'n netter Kerl is er doch. Will euch was sagen – wißt ihr, was er an Weihnachten gemacht hat? Brachte 'ne Gallone Whisky hier rein und sagte: ›Trinkt tüchtig, Burschen. Is bloß einmal im Jahr Weihnachten.‹«

»Zum Teufel, das hat er getan? 'ne ganze Gallone?«

»Ja doch. Jesus, das war 'n Spaß. Se ließen sogar den Nigger reinkommen an jenem Abend. Ein kleiner Roßpfleger namens Smitty fing eine Prügelei an mit dem Nigger. Machte seine Sache gründlich, das muß man sagen. Die andern Burschen ließen nicht zu, daß er seine Füße gebrauchte, so kriegte der Nigger ihn unter. Hätte er seine Füße gebrauchen können, würde er den Nigger getötet haben, sagte Smitty. Die Burschen sagten, weil der Nigger einen krummen Rücken hat, dürfe Smitty die Füße nich benutzen.« Er machte eine Pause und schwelgte in der Erinnerung. »Nachher gingen die Burschen nach Soledad und machten einen Mordskrach. Ich ging nich mit. Hab kein' Mumm mehr für so was.«

Lennie war eben mit dem Bettenmachen fertig. Der hölzerne Türschnapper hob sich wieder, und die Tür öffnete sich. Ein kleiner untersetzter Mann stand in der Türöffnung. Er trug Bluejeans, ein Flanellhemd, eine schwarze, nicht zugeknöpfte Weste und eine schwarze Jacke. Die Daumen hielt er in den Gürtel geklemmt, zu beiden Seiten eines viereckigen eisernen Beschlages. Auf dem Kopf trug er einen beschmutzten, braunen, breitkrempigen Hut; Stiefel mit hohen Absätzen und Sporen schienen sagen zu sollen, daß er kein Arbeiter sei.

Der Alte blickte schnell zu ihm und schob sich dann auf die Tür zu, sich immerfort den Bart mit den Knöcheln reibend. »Die Burschen sind grade gekommen«, sagte er und schob sich am Chef vorbei zur Tür hinaus.

Der Chef trat in die Mitte des Raumes mit den kurzen, schnellen Schritten eines Menschen mit dicken Beinen. »Ich habe an Murray und Ready geschrieben, ich brauchte zwei Mann heute früh. Habt ihr eure Arbeitsbücher?« George griff mit der Hand in die Tasche und holte die Schriften hervor und übergab sie dem Chef. »Murray und Ready trifft keine Schuld. Hier steht genau, daß ihr heute morgen hier zur Arbeit antreten solltet.«

George blickte auf seine Füße. »Der Busfahrer hat uns falsche Auskunft gegeben«, sagte er. »Wir hatten noch zehn Meilen zu laufen. Sagte, wir wär'n da, als wir noch nich waren. Heute morgen fuhr noch kein Bus.«

Der Chef kniff die Augen argwöhnisch zusammen. »Also, ich mußte die Trupps für das Korn mit zwei Mann zu wenig rausschicken. Hat keinen Zweck, daß ihr früher als nach dem Mittagessen rausgeht.« Er zog sein Notizbuch aus der Tasche und öffnete es, wo ein Bleistift zwischen den Blättern lag. George schaute bedeutungsvoll zu Lennie, und dieser nickte mit dem Kopfe zum Zeichen, daß er verstanden habe. Der Chef netzte den Bleistift mit der Zunge. »Wie heißt ihr?«

»George Milton.«

»Und du?«

George antwortete: »Er heißt Lennie Small.«

Die Namen wurden in das Buch eingetragen. »Laß sehn, heut is der zwanzigste, am zwanzigsten mittags.« Er schloß das Buch. »Wo habt ihr Burschen gearbeitet?«

»Oben in der Nähe von Weed«, sagte George.

»Du auch?« wandte er sich an Lennie.

»Jawoll, er auch«, gab George zurück.

Der Chef drohte Lennie scherzend mit dem Finger. »Er is nich grad redselig, was?«

»Nein, das is er nich. Aber ein verteufelt guter Arbeiter. Stark wie ein Bulle.«

Lennie lächelte in sich hinein. »Stark wie ein Bulle«, wiederholte er.

George warf ihm einen Blick zu, und Lennie senkte den Kopf vor Scham, daß er vergessen hatte.

Plötzlich sagte der Chef: »Hör mal, Small, was kannst du denn so?«

In panischem Schrecken, hilfesuchend, sah Lennie George an. »Er kann alles, was ihr ihm befehlt. Er ist ein guter Roßpfleger. Er kann Kornsäcke schleppen und einen Kultivator bedienen. Kann alles. Probieren Sie's mit ihm.«

Der Chef kehrte sich zu George um. »Warum läßt du ihn dann nicht antworten? Was habt ihr zu verbergen?«

George fiel im laut ins Wort. »Ich behaupte nich, daß er hell im Kopf is. Das is er nich. Aber ich sage, er is 'n verdammt guter Arbeiter. Kann einen Ballen von vier Zentnern aufladen.«

Der Chef steckte mit deutlicher Bewegung das Büchlein in die Tasche. Er hakte die Daumen in den Gurt und kniff das eine Auge beinah zu. »Raus damit, was hast du mit ihm im Sinn?«

»Wieso?«

»Ich frage, was treibst du für'n Spiel mit diesem Burschen? Nimmst du ihm seinen Lohn weg?«

»I woher – natürlich nich. Warum glauben Sie, daß ich ihn zum Narren halte?«

»Weil ich nie erlebt hab, daß ein Bursche sich so um einen andern kümmert. Drum möchte ich eben wissen, was du für ein Interesse daran hast.«

George antwortete: »Er ist mein … Vetter. Ich hab seiner alten Dame versprochen, mich um ihn zu kümmern. Er hat, als er klein war, von einem Pferd einen Schlag auf den Kopf bekommen. Er is ganz in Ordnung. Er is nur nich grad hell im Kopf. Aber er kann alles tun, was Sie verlangen.«

»Na ja, es braucht weiß Gott keinen Verstand, um Gerstensäcke aufzuladen. Aber versuch nicht, mir was vorzumachen, Milton. Ich hab ein Auge auf euch. Warum seid ihr aus Weed fort?«

»Die Arbeit war getan«, gab George ohne Zögern zur Antwort.

»Was für ne' Arbeit?«

»Wir … wir haben 'n Bewässerungsteich gegraben.«

»'s gut. Aber macht mir nichts vor, denn mir entgeht nichts. Hab schon manchen schlauen Burschen gesehn. Geht also raus mit den Korntrupps nach dem Mittagessen. Sie sammeln Gerste ein an der Dreschmaschine. Geht mit Slims Trupp.«

»Slim?«

»Jawoll. Großer, kräftiger Roßpfleger. Werdet ihn beim Mittagessen sehn.« Er brach plötzlich ab, drehte sich um und ging zur Tür. Aber vor dem Hinausgehen wandte er den Kopf noch einmal, und sein Blick ruhte einen Augenblick auf den beiden Männern.

Als seine Schritte verhallt waren, wandte sich George zu Lennie. »Und du wolltest kein Mucks nicht sagen. Du wolltest deine große Klappe halten und mir das Reden überlassen. Verflixt, bald hätten wir die Arbeit verloren.«

Lennie starrte hoffnungslos auf seine Hände. »Hab's vergessen, George.«

»Ja doch, hast's vergessen. Immer vergessen, und dann muß ich dich rausreden.« Er sank heftig auf die Schlafstelle nieder. »Jetzt hat er 'n Auge auf uns. Jetzt müssen wir höllisch aufpassen un keine Dummheiten machen. Du halt deine große Klappe künftig zu.« Er verfiel in ein trübsinniges Schweigen.

»George.«

»Was willste nu?«

»Mich hat doch nie ein Pferd auf'n Kopf geschlagen, oder?«

»Wär verdammt gut, wenn's so wär«, sagte George boshaft. »Würde allen verteufelt viel Mühe sparen.«

»Du sagtest, ich sei dein Vetter, George.«

»Na ja, das war Schwindel. Bin verdammt froh, daß es nich stimmt. Wenn ich mit dir verwandt wär, würd ich mich erschießen.« Plötzlich hielt er inne, ging zu der offenen Tür vorn und schaute hinaus. »Nanu, was zum Teufel hast du zu lauschen?«

Der Alte kam langsam ins Zimmer. An seine Ferse heftete sich ein Schäferhund mit schleppendem Gang; seine Schnauze war grau, und seine blinden alten Augen waren farblos. Mit seinen lahmen Beinen kämpfte der Hund sich vorwärts bis an die Seitenwand des Raumes und legte sich nieder. Er grunzte leise vor sich hin und leckte sein graues, wie von Motten zerfressenes Fell. Der Alte beobachtete ihn, bis er zur Ruhe kam. »Hab nich gelauscht. Stand bloß eine Minute im Schatten und kratzte den Hund. Bin grade fertig mit Ausscheuern des Waschhauses.«

»Hast deine großen Ohren in unsre Angelegenheiten gesteckt«, sagte George. »Kann's nicht leiden, wenn Leute die Nase in alles stecken.«

Der Alte blickte unruhig von George zu Lennie und wieder zurück. »War eben gekommen«, sagte er. »Hab nichts gehört, was ihr Burschen geschwätzt habt. Interessiert mich nich, was ihr redet. Auf einer Farm lauscht man nich und stellt keine Fragen.«

»Verdammt richtig«, sagte George, etwas besänftigt. »Jedenfalls nich, wenn man seine Arbeit eine Weile behalten will!« Aber die Entgegnung des Alten beruhigte ihn. »Komm doch rein und setz dich 'n Augenblick«, sagte er. »Das ist ein höllisch alter Hund.«

»Ja. Ich hab ihn von klein auf gehabt. Mein Gott, das war ein guter Schäferhund, als er jünger war.« Er stellte seinen Besen gegen die Wand und rieb sich die weißhaarigen Backen mit den Knöcheln. »Was sagte zum Chef?« fragte er.

»Gefällt mir ganz gut. Scheint in Ordnung.«

»Er is 'n netter Kerl«, stimmte der Alte zu; »man muß ihn nur zu nehmen wissen.«

In dem Augenblick kam ein junger Mann ins Schlafgebäude; ein magerer junger Mann mit braunem Gesicht, braunen Augen und dichtem, lockigem Haar. Er trug einen Handschuh an der linken Hand, und wie der Chef Stiefel mit hohen Absätzen. »Habt ihr meinen alten Herrn gesehn?« fragte er.

Der Alte sagte: »Gerade war er noch hier, Curley. Ging, glaub ich, zum Küchengebäude.«

»Will sehen, ob ich ihn finde«, sagte Curley. Seine Augen glitten über die neuangekommenen Männer hinweg, und er blieb stehen. Er blickte kalt, und die Hände schlossen sich zu Fäusten. Dann versteifte sich seine Haltung, und er blieb leicht geduckt. Sein Blick war zugleich berechnend und angriffslustig. Lennie fuhr unter diesem Blick zusammen und scharrte nervös mit den Füßen. Leise und bedächtig trat Curley dicht an ihn heran. »Seid ihr die neuen Burschen, auf die der alte Herr gewartet hat?«

29

»Wir sind gerade gekommen«, sagte George.

»Laß den großen Burschen reden!«

Lennie hörte verlegen zu.

George sprach: »Un wenn er nu nich reden will?«

Curley schwang den Oberkörper herum. »Bei Jesus Christus, er hat zu reden, wenn er angesprochen wird. Was zum Teufel hast du damit zu schaffen?«

»Wir reisen zusammen«, sagte George kühl.

»Ach so, darum.«

George saß gespannt und reglos da. »Jawoll, darum.«

Lennie sah hilflos und um einen Wink flehend zu George hinüber.

»Und du willst den großen Burschen nich reden lassen, he?«

»Er kann reden, wenn er dir was zu sagen hat.« Er nickte Lennie leichthin zu.

»Wir sind grade gekommen«, sagte Lennie leise.

Curley starrte ihn an. »Also, das nächste Mal antwortest du, wenn man zu dir spricht.« Er wandte sich zur Tür und ging hinaus; seine Ellbogen waren immer noch ein wenig gekrümmt.

George beobachtete ihn, bis er entschwunden war, und dann kehrte er sich zu dem Alten um. »Sag, was zum Teufel führt er im Schilde? Lennie hat ihm nix zuleid getan.«

Der Alte ging vorsichtig zur Tür, um sicher zu sein, daß niemand lauschte. »Das war der Sohn des Chefs. Curley ist ziemlich handgreiflich. Hat schon was geleistet im Boxring. Er ist ein Leichtgewicht, aber ganz schön gewandt.«

»Laß ihn handgreiflich sein«, sagte George. »Aber was hat er mit Lennie anzuzetteln? Lennie hat ihm nix zuleid getan. Was hat er gegen Lennie?«

Der Alte überlegte. »Tja – will dir was sagen. Es is mit Curley wie häufig mit kleingewachsenen Burschen. Die großen sind ihnen verhaßt. Er sucht immerfort Händel mit großen Burschen. Er is gewissermaßen wütend, daß er nich auch groß is. Haste nich auch schon kleine Burschen gesehn, die so waren? Immer rauflustig?«

»Gewiß«, sagte George. »Hab viele verbiß'ne kleine Burschen gesehn. Aber dieser Curley soll sich nich über Lennie täuschen. Lennie wird nich leicht handgreiflich, aber dieser freche Curley wirds am Leibe spüren, wenn er sich an Lennie heranmacht.«

»Ja, Curley is schon ein Draufgänger«, sagte der Alte skeptisch. »Schien mir nie ganz richtig. Gesetzt den Fall, Curley springt auf'n großen Burschen zu un verprügelt ihn. Dann sagt jeder, was für 'n Sportkerl Curley is. Gesetzt aber den Fall, er tut dasselbe und wird verprügelt. Dann sagt jeder, der große Bursche soll sich mit jemand einlassen, der ihm gewachsen is, und kann sein, sie verhauen den Großen. Schien mir nie ganz richtig. Es scheint, daß gegen Curley niemand was ausrichtet.«

George paßte auf die Tür auf. Dann sagte er bedeutungsvoll: »Na, er nimmt sich besser in acht vor Lennie. Lennie is keine Kampfnatur. Aber er is stark und fix und kennt keine Kampfregeln.« Er ging an den viereckigen Tisch und setzte sich auf einen der Sitze. Dann sammelte er einen Stoß Karten und mischte sie.

Der Alte ließ sich auf einen anderen Sitz nieder. »Sag Curley nich, daß ich so was gesagt hab. Er würde mich fertigmachen. Würde mir was antun. Er selber wird nie rausgesetzt, weil sein alter Herr der Chef is.«

George hob die Karten ab und begann sie umzukehren,

indem er jede anschaute und sie wieder auf einen Haufen legte. Dann sagte er: »Dieser Bursche Curley scheint mir ein Hundsfott zu sein. Ich mag so gemeine kleine Burschen nich.«

»Es kommt mir so vor, als sei es in letzter Zeit schlimmer mit ihm geworden«, sagte der Alte. »Er hat vor ’n paar Wochen geheiratet. Die Frau lebt drüben im Haus des Chefs. Kommt mir vor, Curley is hochnäsiger als je, seit er verheiratet is.«

George brummelte: »Vielleicht will er sich vor seiner Frau aufspielen.«

Der Alte erwärmte sich beim Klatschen. »Hast den Handschuh an seiner linken Hand gesehn?«

»Ja, hab ich gesehn.«

»Tja, der Handschuh is innen voll Vaseline.«

»Vaseline? Was zum Teufel soll das?«

»Na, ich will dir was sagen, Curley sagt, er will die Hand weich behalten für seine Frau.«

George vertiefte sich in seine Karten. »Schmutzig, so was rumzuerzählen.«

Der Alte war beruhigt. Er hatte aus George eine abfällige Bemerkung herausgeholt. Jetzt fühlte er sich sicher, und er wurde vertraulicher. »Wart, bis du Curleys Frau gesehn hast.«

George hob die Karten abermals ab und legte sie zu einer Patience aus, langsam und bestimmt. »Hübsch?« fragte er beiläufig.

»Tja. Hübsch. Aber …«

George beschäftigte sich mit seinen Karten. »Was aber?«

»Na – sie macht Äugelchen.«

»Nanu – zwei Wochen verheiratet und macht Äugelchen? Kein Wunder, wenn Curley die Hosen voll Ameisen hat.«

»Hab gesehn, wie sie Slim Augen gemacht hat. Slim is 'n famoser Roßpfleger. Ein verteufelt netter Kerl. Slim hat's nich nötig, im Korntrupp hohe Absätze zu tragen. Ich hab gesehn, wie sie Slim Äugelchen gemacht hat. Curley hat's nich gesehn. Und ich hab gesehn, wie sie Carlsen Äugelchen gemacht hat.«

George tat, als interessiere ihn das nicht. »Es sieht aus, als würden wir noch allerhand Spaß haben.«

Der Alte stand von seinem Sitz auf. »Weißt du, was ich denke?« George antwortete nicht. »Ich denke, Curley hat … 'ne Hure geheiratet.«

»Wäre nich der erste. Is schon vielen so gegangen.«

Der Alte bewegte sich auf die Tür zu, und sein alter Hund hob den Kopf und blickte umher, und dann hob er sich mit Mühe auf die Pfoten und wollte folgen. »Ich geh die Waschbecken für die Leute hinstellen. Die Trupps werden bald zurückkommen. Werdet ihr Gerste laden?«

»Ja.«

»Du wirst Curley aber nix sagen von dem, was ich erzählt hab?«

»Zum Teufel, nein.«

»Also schau se dir an, junger Mann. Dann sollste sehn, ob se nich 'ne Hure is.« Und er ging zur Tür hinaus in den vollen Sonnenschein.

George legte seine Karten nachdenklich aus, kehrte die Häufchen von je dreien um und legte Treff vier auf das As. Der Sonnenstreifen war jetzt am Fußboden, und die Fliegen schwippten hindurch wie Funken. Ein Geräusch von klirrendem Pferdegeschirr und das Knirschen von Wagenachsen unter schwerer Last wurde draußen hörbar. Aus der Ferne kam ein deutlicher Ruf: »Stallknecht – hallo – Stallknecht!« Und darauf: »Wo zum Teufel ist der gottverdammte Nigger?«

George starrte auf seine Patience, und dann schmiß er hastig die Karten zusammen und drehte sich um zu Lennie. Dieser lag auf seiner Schlafstelle und beobachtete George.

»Schau, Lennie, die Sache hier läuft nicht gut. Ich bin in Sorge. Du wirst Schwierigkeiten kriegen mit diesem Burschen Curley. Hab so was schon erlebt. Er hat dir gewissermaßen auf den Zahn gefühlt. Bildet sich ein, daß du Angst vor ihm hast. Bei der ersten Gelegenheit wird er versuchen, dich zu verhauen.«

In Lennies Augen zeigte sich Schrecken. »Ich will keine Schwierigkeiten«, sagte er klagend. »Sorg dafür, daß er mich nich verhaut, George.«

George stand auf und ging zu Lennies Schlafstelle hinüber und setzte sich zu ihm. »Solche miesen Typen sind mir verhaßt«, sagte er. »Hab ihrer viele gesehn. Wie der Alte sagt, Curley ist nicht vom Glück abhängig. Gewinnt immer.« Er dachte einen Augenblick nach. »Wenn er mit dir was anzettelt, Lennie, dann werden wir rausgesetzt. Darüber müssen wir uns klar sein. Er is der Sohn des Chefs. Halt du dich weit weg von ihm, willste? Sprich nie zu ihm. Wenn er hier reinkommt, geh du stracks auf die andre Seite der Stube. Willste das tun, Lennie?«

»Ich will keine Schwierigkeiten«, murmelte Lennie. »Hab ihm nie nix Böses getan.«

»Gut, aber das hilft dir nix, wenn Curley es sich in den Kopf setzt, sich als Kämpfer aufzuspielen. Das Beste, du hast nix mit ihm zu tun. Kannste das behalten?«

»Sicher, George. Kein Mucks werd ich sagen.«

Der Lärm des heimkehrenden Trupps schwoll an, man hörte das Aufschlagen der Hufe auf dem harten Boden, das Nachschleppen der Hemmschuhe und das Klirren der Stränge. George saß noch immer auf der Schlafstelle neben Lennie, und unter seinen Gedanken zog sich seine Stirn zusammen. »Bist doch nich bös, George?« fragte Lennie schüchtern.

»Bin nich bös auf dich. Bin bös über diesen Hundsfott Curley. Ich hatte gehofft, wir würden zusammen was auf die hohe Kante legen – vielleicht hundert Taler.« Sein Ton wurde sehr bestimmt. »Halt du dich fern von Curley, Lennie.«

»Mach ich, George. Ich sag kein' Ton.«

»Laß ihn nich an dich rankommen. Aber wenn dieser Schweinehund dich versohlt – dann soll er's haben.«

»Was soll er haben, George?«

»Laß sein, laß sein. Ich sag dir's, wenn's Zeit is. Ich hasse solche Burschen. Schau Lennie, wenn du in irgendein Unglück rennst – weißte noch, was ich dir gesagt hab, was de dann tun sollst?«

Lennie stützte sich auf seine Ellbogen. Sein Gesicht war ganz verzerrt vor Nachdenken. Dann wanderten seine Augen traurig auf Georges Gesicht zu. »Wenn ich ins Unglück renne, dann läßte mich nich die Kaninchen versorgen.«

»Nein, das mein ich nich. Weißte noch, wo wir letzte Nacht geschlafen ha'm? Unten am Fluß?«

»O ja. Ich weiß wohl. O sicher, ich besinn mich. Ich geh dorthin un versteck mich im Gebüsch.«

»Versteckst dich, bis ich zu dir komm. Läßt dich von niemand sehn. Versteckst dich im Gebüsch beim Fluß. Wiederhol das.«

»Versteck mich im Gebüsch beim Fluß, da unten im Gebüsch am Fluß.«

»Wenn du in Schwierigkeiten gerätst.«

»Wenn ich in Schwierigkeiten gerate.«

Draußen knirschte ein Hemmschuh. Ein Ruf ertönte:
»Stallknecht – heda, Stallknecht!«

George sagte: »Sag es vor dich hin, Lennie, immer wieder,
dann wirst's nicht vergessen.«

Plötzlich schauten beide Männer auf, denn das sonnen-
beschienene rechteckige Stück Fußboden am Eingang wurde auf einmal durchschritten. Eine junge Frau stand da
und blickte hinein. Sie hatte volle, gefärbte Lippen und weit
geöffnete Augen, alles an ihr war stark aufgemacht. Ihre
Fingernägel waren knallrot. Ihr Haar hing in kleinen einge-
rollten Locken, wie Würstchen. Sie trug ein Hauskleid aus
Kattun und rote Schuhe, die mit kleinen Straußenfedern ge-
schmückt waren. »Ich suche Curley«, sagte sie. Ihre Stimme
hatte einen spröden, nasalen Klang.

George blickte von ihr weg und wieder zurück. »Er
war noch vor einer Minute hier, aber er is rausgegan-
gen.«

»Oh!« Sie legte ihre Hände auf den Rücken und lehnte
sich gegen den Türrahmen, so daß ihr Oberkörper vortrat.
»Ihr seid wohl die neuen Burschen, die gerade gekommen
sind?«

»Jawoll.«

Lennies Augen glitten an ihrem Körper entlang, und obwohl sie ihn nicht zu beachten schien, warf sie den Kopf etwas zurück. Dann blickte sie auf ihre Fingernägel. »Manchmal ist Curley hier«, sagte sie erklärend.

George sagte schroff: »Und jetz is er eben nich hier.«

»Wenn er nicht hier ist, dann muß ich ihn wohl woanders suchen gehn«, sagte sie leichthin.

Lennie folgte ihr hingerissen mit den Augen. George bemerkte: »Wenn ich ihn sehe, werd ich ihm sagen, daß Sie ihn gesucht haben.«

Sie lächelte schlau und gab sich einen Ruck. »Niemand kann einem was nachsagen, bloß weil man jemanden sucht«, sagte sie. Hinter ihr gingen Fußtritte vorbei. Sie drehte den Kopf. »Hi, Slim«, sagte sie. Slims Stimme ertönte durch die Tür. »Hi, schönes Kind«, sagte er. »Ich suche Curley, Slim.« »Nicht gerade sehr eifrig, scheint mir. Ich sah ihn eben in euer Haus gehn.«

Sie schien plötzlich zu begreifen. »Wiedersehn, Jungs«, rief sie schnell in den Schlafsaal hinein und eilte davon.

George blickte herum zu Lennie. »Gott, was für'n hergelaufenes Frauenzimmer. Und so was hat sich Curley als Frau aufgelesen.«

»Sie is hübsch«, sagte Lennie verteidigend.

»Ja, und se läßt's ja auch gar nich merken! Na, Curley steht was bevor. Wetten, für zwanzig Taler geht sie auf und davon.«

Lennie starrte noch immer zum Eingang hin, wo sie gestanden hatte. »Bei Gott, se war hübsch!« Er lächelte bewundernd. George sah schnell an ihm herunter und dann nahm er ihn beim Ohr und schüttelte ihn.

»Hör mir zu, verrückter Bastard«, sagte er wild. »Wirf du nich 'n einzigen Blick auf diese Hure. Mir is es gleich, was sie sagt und was sie tut. Ich hab schon solches Gift gesehn, aber noch nie 'n schlimmern Köder fürs Kittchen als die. Du laß se in Ruh.«

Lennie versuchte, sein Ohr freizumachen. »Ich hab nix getan, George.«

»Nein, noch nich. Aber sie stand unter der Tür und zeigte ihre Beine, und du hast auch nicht nach der andern Seite geguckt.«

»Ich meinte nix Böses, George, wahrhaftig nich.«

»Also, du halt dich fern von ihr, denn das is 'ne Rattenfängerin, wenn ich je eine gesehn hab. Laß du Curley damit angeschmiert sein. Warum hat er sich mit ihr eingelassen. Den Handschuh voll Vaseline«, sagte George angewidert. »Wetten, er ißt rohe Eier und schreibt an die Firmen, die Spezialmedizinen ausschreiben.«

Plötzlich schrie Lennie auf: »Ich mag diesen Ort nich, George. Es ist kein guter Ort. Wir wolln hier raus.«

»Wir müssen aushalten, bis wir was verdient ha'm. Das könn' wir nu nich ändern, Lennie. Wir wolln raus, sobald wir können. Ich mag den Ort nich lieber als du.« Er ging zum Tisch zurück und legte eine neue Patience aus. »Nein, ich kann's hier nich leiden. Für 'n paar Silberstücke würd ich wieder abschieben. Wenn wir wenigstens 'n paar Taler verdient haben, dann woll'n wir raus und den American River hinauf und Goldsand waschen gehen. Damit könn' wir vielleicht 'n paar Taler am Tag verdienen – womöglich 'ne ganze Tasche voll.«

Lennie lehnte sich heftig an ihn. »Laß uns gehn, George. Laß uns hier raus. Es is nich schön hier.«

»Jetz müssen wir bleiben«, sagte George kurz. »Schweig jetz. Die Burschen werden gleich reinkommen.«

Aus dem Waschraum nebenan kam der Ton von fließendem Wasser und klirrenden Waschbecken. George studierte seine Karten. »Vielleicht sollten wir uns auch waschen gehn; aber wir haben nichts gemacht, um schmutzig zu werden.«

Ein hochgewachsener Mann stand unter der Tür. Er hatte einen zerknitterten breitkrempigen Hut unter dem Arm, während er sein langes, dunkles, feuchtes Haar gerade zurückkämmte. Wie die andern trug er Bluejeans und eine kurze Drillichjacke. Als er mit seinem Haar fertig war, kam er in die Stube. Er tat dies mit einer Würde, wie sie nur Fürsten oder Handwerksmeister an sich haben. Er war ein meisterlicher Roßpfleger, der König der Farm, der es fertigbrachte, zehn, sechzehn, selbst zwanzig Maultiere in gerader Linie hinter den Leittieren herzutreiben. Er war imstande, eine Fliege auf dem Beschlage des Stangenpferdes zu töten, ohne das Zugtier zu berühren. Es lag ein Ernst über seinen Manieren und eine so tiefe Ruhe, daß alles Geschwätz aufhörte, wenn er sprach. Seine Autorität war so groß, daß sein Wort, egal über welches Thema, als gültig hingenommen wurde, sei es Politik oder Liebe. Sein scharfgeschnittenes Gesicht war jenseits von jung und alt. Er konnte genausogut fünfunddreißig wie fünfzig sein. Sein Ohr vernahm mehr, als man ihm sagte, und in seiner langsamen Redeweise schwang ein Unterton mit, der nichts mit Denken zu tun hatte, aber mit dem Verstehen aus einem Urgrund jenseits des Denkens. Seine Hände, groß und schlank, waren in ihrer Bewegung so fein wie die eines Tempeltänzers.

Er glättete seinen zerknitterten Hut, falzte ihn in der Mitte und setzte ihn auf. Gütig blickte er auf die zwei Leute im Schlafsaal. »Es ist grelle Sonne draußen«, sagte er freundlich, »man kann hier drin fast nichts sehn. Seid ihr die neuen Burschen?«

»Grade gekommen«, sagte George.

»Gerste aufladen?«

»So sagt der Chef.«

Slim setzte sich nieder auf einen Sitz am Tisch gegenüber von George. Er studierte die Patience, die für ihn verkehrt stand. »Hoffentlich kommt ihr in meinen Trupp«, sagte er. Seine Stimme war sehr ansprechend. »Hab ein paar Leute dabei, die einen Gerstensack nicht von einem blauen Ball unterscheiden können. Habt ihr Burschen je Gerste geladen?«

»Zum Teufel, ja«, sagte George. »Will's nich verschreien, aber der große Bastard hier kann allein mehr Korn aufladen als sonst zwei zusammen.«

Lennie, der der Unterhaltung hin und her mit den Augen gefolgt war, lächelte wohlgefällig bei diesem Kompliment. Slim sah George für das erteilte Lob zustimmend an. Er lehnte sich über den Tisch und schnappte mit dem Finger die Ecke einer losen Karte hoch. »Reist ihr zwei Burschen miteinander umher?« Sein Ton war freundlich und flößte Vertrauen ein, ohne es zu fordern.

»Gewiß«, sagte George. »Wir sorgen sozusagen füreinander.« Er wies mit dem Daumen auf Lennie. »Er is nich hell im Kopf. Aber ein verteufelt guter Arbeiter. Und 'n verflixt guter Kerl, aber nich hell im Kopf. Ich kenn ihn schon lange.«

Slim schien George durch und durch und über ihn hinaus zu sehen. »Is nich häufig, daß Burschen zusammen tippeln«, sagte er vor sich hin. »Weiß nich, warum. Vielleicht weil in dieser vertrackten Welt einer den andern fürchtet.«

»Weißt du, es is viel netter, miteinander durch die Welt zu ziehen«, sagte George.

Ein mächtiger Mann mit dickem Bauch kam in den Schlafsaal. Sein Hut tropfte vom Waschen und Duschen. »He, Slim«, sagte er, um dann innezuhalten und auf George und Lennie zu starren.

»Diese Burschen sind gerade gekommen«, sagte Slim als eine Art Vorstellung.

»Freut mich«, sagte der Große. »Mein Name is Carlson.«

»Ich bin George Milton. Das ist Lennie Small.«

»Freut mich«, sagte Carlson wieder. »Er is nich gerade klein.« Er schüttelte sich ein wenig über seinen Witz. »Gar nich klein«, wiederholte er. »Wollte dich fragen, Slim, was macht deine Hündin? Soviel ich gesehn hab, war sie heut morgen nich unter deinem Wagen.«

»Hat heut nacht Junge geworfen«, sagte Slim. »Neun. Hab vier sofort ertränkt. Sie hat nich genug Nahrung für so viele.«

»Also fünf behalten, was?«

»Ja, fünf. Die größten.«

»Was für Hunde, meinste, werden es?«

»Weiß nich. Eine Art Schäferhunde, denk ich. Solche hab ich meist hier herum gesehen, als sie läufig war.«

»Hat also fünf Junge, huh. Willste alle fünf behalten?«

»Weiß nich. Muß se jedenfalls eine Weile behalten, damit se Lulus Milch trinken.«

Carlson sagte nachdenklich: »Sieh mal her, Slim. Ich hab drüber nachgedacht. Candys Hund ist so gottverdammt alt, daß er kaum mehr gehn kann. Und er stinkt wie die Pest. Jedesmal, wenn er in den Schlafsaal kommt, kann ich es noch zwei, drei Tage lang riechen. Wie wär's, wenn man Candy dazu brächte, den alten Hund zu erschießen und ihm einen jungen zum Aufziehen gäbe. Ich kann den Hund 'ne Meile

41

weit riechen. Hat keine Zähne, is so gut wie blind, kann nich essen. Kann nix mehr kauen.«

George hatte Slim intensiv angeschaut. Plötzlich ertönte draußen eine Triangel, erst langsam, dann schneller und schneller, bis der Klang der Schläge in dem Nachklang unterging. Es hörte so unvermutet auf, wie es begonnen hatte.

»Jetzt geht es los«, sagte Carlson.

Draußen hörte man ein Durcheinander von Stimmen, als die Arbeiter vorübergingen.

Slim stand langsam und mit der ihm eigentümlichen Würde auf. »Ihr Burschen kommt besser herein, solang es noch was zu essen gibt. In ein paar Minuten wird nichts mehr übrig sein.«

Carlson trat zurück, um Slim vorangehen zu lassen, und dann gingen beide zur Tür hinaus.

Lennie beobachtete George erregt. George warf seine Karten durcheinander zu einem unordentlichen Haufen. »Ja«, sagte George, »ich hab's gehört, Lennie. Ich werd ihn fragen.«

»Ein weißbraunes«, sagte Lennie aufgeregt.

»Komm, laß uns zum Essen gehn. Ich weiß nich, ob er ein weißbraunes dabei hat.«

Lennie rührte sich nicht von seiner Schlafstelle. »Frag ihn sofort, George, damit er keins mehr tötet.«

»Gewiß. Aber nu komm, mach dich auf die Füße.«

Lennie rollte von seiner Schlafstelle hinunter und kam auf die Füße zu stehen, und beide gingen auf die Türe zu. Als sie sie gerade erreicht hatten, platzte Curley herein.

»Habt ihr hier eine junge Frau gesehn?« fragte er ärgerlich.

George antwortete kühl: »Vor etwa einer halben Stunde.«

»Na, was zum Teufel hat se hier gemacht?«

George stand still und sah den wütenden kleinen Mann scharf an. Dann sagte er herausfordernd: »Sie sagte, sie suche dich.«

Es war, als sähe Curley George wirklich zum erstenmal. Seine Augen maßen George, schätzten seine Höhe, seine Armweite, sahen seine wohlgebaute Gestalt. »Na und, nach welcher Seite is se gegangen?« fragte er schließlich.

»Weiß nich. Hab nich achtgegeben, als se wegging.«

Curley blickte finster auf ihn, machte kehrt und ging hurtig zur Tür hinaus.

George sagte: »Weißte, Lennie, ich fürchte, ich werde mit diesem Hundsfott selber was anstellen. Sein Bauch is mir zuwider. Jesus Christus! Komm. Sonst is verflucht nix mehr zu essen da.«

Sie gingen zur Tür hinaus. Der Sonnenschein lag in schmaler Linie unter dem Fenster. Aus der Ferne hörte man das Geschirr klappern.

Einen Augenblick später kam der alte Hund humpelnd durch die offene Tür herein. Er blickte mit weichen, halbblinden Augen umher. Er schnupperte, und dann legte er sich nieder, den Kopf zwischen den Pfoten. Wieder platzte Curley zur Tür herein und stand suchend mit dem Blick in die Stube. Der Hund hob den Kopf, aber als Curley davonstob, sank der graue Kopf wieder auf den Boden nieder.

III

Obwohl das helle Abendlicht durch die Fenster des Schlaf-
gebäudes strömte, herrschte im Innern bereits Dämmerung.
Durch die offene Tür kamen bald dumpfe, bald hellere Töne eines Hufeisenspiels, hie und da vermischt mit Stimmen
des Beifalls oder des Spottes.

Slim und George traten miteinander in das dunkelnde
Schlafgebäude ein. Slim reichte mit der Hand über den
Spieltisch und drehte das elektrische Licht unter einem ble-
chernen Lampenschirm an. Sofort war der Tisch grell
erleuchtet; der kegelförmige Lichtstrahl ergoß sich nur ab-
wärts, so daß die Winkel des Raumes im Dämmerlicht ver-
blieben. Slim nahm einen der Sitze ein und George setzte
sich ihm gegenüber.

»Nicht der Rede wert«, wiederholte Slim. »Hätte sowie-
so die meisten ertränken müssen. Gar nichts zu danken.«

George antwortete: »Mag sein, hatte für dich nix zu bedeuten. Aber für ihn is es verdammt viel. Jesus Christus, ich
weiß nich, wie wir 'n dazu kriegen werden, hier zu schlafen.
Wird absolut mit ihnen draußen in der Scheune schlafen
wollen! Paß auf, es wird Mühe kosten, daß er nich einfach
zu den Jungen ins Lager kriecht!«

»Nicht der Rede wert«, wiederholte Slim. »Na, du hattest
recht wegen ihm. Vielleicht is er nich hell im Kopf, aber nie
hab ich so 'n Arbeiter gesehn. Hat weiß der Teufel bald seinen Partner beim Gersteaufladen totgedrückt. Mit dem
kann keiner Schritt halten. Allmächtiger Gott, so 'n starken
Burschen hab ich noch nie gesehn.«

Voll Stolz sagte George: »Brauchst Lennie bloß zu sagen, was er tun soll, solang er selbst nichts berechnen muß.

Selber denken kann er nich, aber Befehle kann er glatt ausführen.«

Von draußen hörte man ein Hufeisen gegen einen Eisenpfahl anschlagen und gleich darauf Beifallsgemurmel.

Slim rückte ein wenig nach hinten, so daß das grelle Licht ihm nicht ins Gesicht fiel. »Komisch, wie ihr zwei euch so zusammengetan habt.« Slims ruhige Art schien zur Vertraulichkeit einzuladen.

»Was is dabei komisch?« fragte George, sich gleichsam verteidigend.

»Tja – ich weiß nich. Kommt sonst kaum vor, daß die Burschen zusammen ausziehn. Weißt ja, wie das mit den Arbeitern is. Sie kommen rein und kriegen ihre Schlafstelle und arbeiten einen Monat, und dann los, jeder für sich. Scheinen sich nie aus 'm andern was zu machen. 's is eben so 'n bißchen komisch, einen närrischen Vogel wie ihn und 'n gescheiten kleinen Kerl wie dich zusammen tippeln zu sehn.«

»'n närrischer Vogel is er nich«, sagte George. »Er is höllisch schwachsinnig, aber verrückt is er nich. Un ich bin auch nich so gescheit, sonst würd ich nich Gerste aufladen für schmalen Lohn. Wär ich gescheit, oder auch bloß halbwegs tüchtig, so hätt ich 'n eignes Stück Land und brächte meine eigne Ernte ein, statt so zu schuften und nix von dem zu haben, was aus der Erde wächst.« George verfiel in Schweigen. Aber er war zum Reden aufgelegt. Slim tat nichts, ihn zu ermutigen oder zurückzuhalten. Ruhig und aufgeschlossen saß er da, etwas nach hintenübergelehnt.

»Es is nich so komisch, daß er un ich zusammen tippeln«, sagte George endlich. »Wir sind beide in Auburn geboren. Ich kannte seine Tante Klara. Sie hatte ihn angenommen, als er ganz klein war, und ihn erzogen. Als sie starb, ging Lennie mit mir Arbeit suchen. So ha'm wir uns nach 'ner Weile aneinander gewöhnt.«

»Hm«, machte Slim.

George warf einen Blick auf Slim und sah dessen ruhige, göttlich-gütige Augen auf sich gerichtet. »Komisch«, fuhr er fort. »Hatte verteufelt viel Spaß mit ihm. Hab ihn aufgezogen, daß er zu dumm sei, für sich selbst zu sorgen. Aber er war zu blöde, um auch nur zu merken, daß ich mich über ihn lustig machte. Hatte Spaß dran, ich. Kam mir weiß Gott neben ihm wunder wie gescheit vor. Na, und er würde einfach alles tun, was ich ihm sage. Wenn ich ihm sagte, er sollte über 'ne Klippe gehn – schon war er rüber. Nach 'ner Weile machte das weiter keinen Spaß mehr. Übrigens wurde er auch nie böse darüber. Hab ihn damals oft mächtig verwichst, und er hätte mir allein mit den Händen alle Knochen im Leibe zerbrechen können, aber er hat nie 'n Finger gegen mich gerührt.« Allmählich ging Georges Stimme in den Ton einer Beichte über. »Will dir sagen, warum ich damit Schluß gemacht hab. Eines Tages stand 'ne Gruppe Burschen am Sacramento-River. Ich wollte mich wichtigmachen. Dreh mich zu Lennie un sag: ›Spring rein!‹ Und er rein! Konnte nich 'n einzigen Zug schwimmen. Wäre verflixt fast ertrunken, eh wir 'n kriegen konnten. Und war schrecklich nett mit mir, weil ich ihn rausgezogen hätte. Hatte total vergessen, daß ich ihn geheißen hatte, reinzuspringen. Na ja, und dann hab ich so was nich mehr gemacht.«

»Is 'n netter Kerl. 'n Bursche braucht keinen Verstand, um nett zu sein. Eher umgekehrt. Sieh dir die ganz gescheiten Burschen an – selten, daß es nette Kerle sind.«

George schichtete die umherliegenden Karten auf einen Haufen und begann, seine Patience auszulegen. Von draußen hörte man die Hufeisen dröhnend auf den Boden schlagen. An den Fenstern erhellte das Abendlicht immer noch die Fensterrahmen.

»Hab keine Familie«, sagte George. »Kenne die Burschen, die alleine von Farm zu Farm tippeln. Taugt nichts. Haben keinen Spaß. Dauert nich lang, so werden sie aggressiv. Wollen immer raufen.«

»Ja, sie werden aggressiv«, stimmte Slim zu. »Sie mögen zu keinem mehr reden.«

»Freilich is Lennie die meiste Zeit eine verdammte Last«, sagte George. »Aber man gewöhnt sich dran, zusammenzugehören, und man kommt nich mehr los voneinander.«

»Er is nich bösartig«, sagte Slim. »Das kann man gut sehen, daß Lennie nich bösartig is.«

»Allerdings nich. Aber er kommt immerfort ins Unglück, weil er so verdammt blöd is. So wie die Geschichte in Weed …« Er unterbrach sich, gerade wie er dabei war, eine Karte umzudrehen. Er sah beunruhigt drein und blickte scharf zu Slim hinüber. »Du sagst es doch niemandem?«

»Was hat er in Weed angestellt?« fragte Slim ruhig.

»Du sagst es doch niemand – nein, das tuste doch nich.«

»Was hat er in Weed angestellt?« fragte Slim noch einmal.

»Also, er hat 'n Mädel gesehn mit 'n roten Kleid. Blöd, wie der Bastard is, will er alles anfassen, was ihm gefällt. Muß alles anfühlen. So streckt er die Hand aus, um das rote Kleid anzufühlen. Das Mädel stößt 'n Schrei aus, und Lennie wird ganz konfus und hält an dem Kleid fest, weil das das einzige is, woran er denken kann. Na ja, und das Mädel schreit und schreit. Ich war 'n Stückchen weiter und hör das Gekreisch und so komm ich gerannt. Lennie is so verdattert, daß er nix weiter denken kann, als immer noch festhalten. Ich geb ihm eins auf'n Kopf mit 'n Zaunpfahl, damit er loslassen soll. Er war so außer sich vor Schreck, daß er das Kleid nich loslassen konnte. Un er is so verdammt stark, du weißt ja.«

Slims Augen schauten ruhig und unentwegt gradaus. »Was dann?«

George legte sorgsam eine Reihe in seinem Spiel aus. »Also, das Mädel stürzt zum Gericht und erzählt, sie wäre überfallen worden. Die Burschen von Weed bilden einen Trupp und ziehen los, um Lennie zu lynchen. Und wir sitzen den lieben langen Tag in einem Bewässerungsgraben. Bloß unsre Köpfe stehn aus 'm Wasser raus, wir halten se unter 'm Gras, das an der Seite aus dem Graben rauswächst. Und in der Nacht sind wir auf und davon.«

Slim saß noch einen Augenblick schweigend da. »Hat dem Mädel nichts getan, was?« fragte er schließlich.

»Zum Teufel, nein. Hat se bloß erschreckt. Ich würde auch 'n Schreck kriegen, wenn er mich anfaßte. Hat ihr aber gar nichts getan. Wollte bloß das rote Kleid anrühren, so wie er immerfort die Hundejungen streicheln will.«

»Er is nich bösartig. Wenn einer bösartig is, seh ich's ihm 'ne Meile weit an«, sagte Slim.

»Freilich nich. Und verflixt, er wird alles tun, was ich …«

In diesem Augenblick kam Lennie durch die Tür herein. Er trug seinen Drillichanzug über die Schulter gehängt wie eine Pelerine und ging gebückt.

»He, Lennie«, sagte George, »wie gefällt dir jetzt das Junge?«

Atemlos erwiderte Lennie: »Es is braun un weiß, genau wie ich's gerne wollte!« Er ging direkt auf seine Schlafstelle

48

zu und legte sich hin, das Gesicht gegen die Wand, die Knie hochgezogen.

George legte seine Karten mit deutlicher Handbewegung nieder. »Lennie«, sagte er scharf. »Hab dir doch gesagt, daß du das Junge hier nich reinbringen darfst.«

»Was für'n Junges, George? Hab doch kein Junges.«

George ging schnell zu ihm, packte ihn an der Schulter und drehte ihn zu sich um. Dann reichte er hinüber und holte das winzige Junge von der Stelle, wo Lennie es an seinem Bauch versteckt hatte.

Ungestüm setzte Lennie sich auf. »Gib's mir wieder, George!«

George sagte: »Sofort stehst du auf und bringst das Junge zum Lager zurück. Es muß bei der Mutter schlafen. Willste's umbringen? Gestern abend geboren, und du nimmst's raus aus dem Nest! Du bringst es zurück, oder ich sag Slim, daß er's dich nich haben läßt.«

Lennie streckte die Hände flehend aus. »Gib's mir, George. Werd's zurückbringen. Hab nichts Böses vorgehabt, George. Ehrlich nich. Wollte's bloß 'n bißchen streicheln.«

George gab ihm das Tierchen zurück. »Na schön. Du bringst's aber gleich wieder hin un nimmst's nich mehr weg. Im Handumdrehen is es sonst tot.« Damit trippelte Lennie aus der Stube.

Slim hatte sich nicht gerührt. Seine ruhigen Augen folgten Lennie zur Tür hinaus.

»Jesus«, sagte er, »er is wie 'n Kind, was?«

»Freilich is er wie 'n Kind. Is auch so harmlos wie 'n Kind, bloß mit dem Unterschied, daß er so stark is. Wetten, daß er heut nacht hier nich zum Schlafen kommt? Er wird da draußen in der Scheune dicht neben dem Stall schlafen. Na, lassen wir ihn. Er kann da nichts Schlimmes anstellen.«

Draußen war es fast ganz dunkel geworden. Der alte Candy, der Stubenkehrer, kam herein und ging zu seiner Schlafstelle, hinter ihm schleppte sich sein alter Hund. »Hallo Slim, hallo George. Hat keiner von euch beim Hufeisenspiel mitgemacht?«

»Spiel nich gern jeden Abend«, sagte Slim.

Candy fuhr fort: »Hat einer von euch Burschen 'n Schluck Whisky? Ich hab Bauchweh.«

»Hab keinen«, sagte Slim. »Würde ihn selber trinken, wenn ich welchen hätte, und hab doch kein Bauchweh.«

»Hab schlimmes Bauchweh«, sagte Candy. »Krieg es immer von diesen gottverdammten Rüben. Wußte, daß ich es kriegen würde, noch eh ich se angerührt hatte.«

Aus dem Hof, der nun auch ganz im Dunkel lag, kam der dickleibige Carlson herein. Er ging an das andere Ende des Schlafraums und drehte das zweite Licht an. »Verteufelt finster hier«, sagte er. »Jesus, kann dieser Nigger Hufeisen schmeißen!«

»Er versteht's glänzend«, sagte Slim.

»Hat recht, zum Henker. Neben dem kann keiner gewinnen …« Er hielt inne und schnüffelte in die Luft. Immer noch schnüffelnd, blickte er auf den Hund hinab. »Allmächtiger Gott, wie der Hund stinkt. Bring ihn raus, Candy! Ich wüßte nichts, was so übel riecht wie ein alter Hund. Du mußt 'n raus bringen!«

Candy wälzte sich zum Rand seiner Schlafstelle. Er griff hinunter und streichelte das Tier. Dann entschuldigte er sich: »Ich bin so an ihn gewöhnt, ich merke nie, daß er stinkt.«

»Also, ich kann ihn hier nicht länger ertragen«, erklärte Carlson. »Der Gestank bleibt hängen, auch wenn er raus is.« Er ging mit den schweren Tritten seiner dicken Beine zu ihm hinüber und beugte sich zu dem Hund. »Keine Zähne mehr«, sagte er. »Ganz steif vor Rheumatismus. Er taugt dir nichts mehr, Candy. Und er taugt sich selbst auch nichts mehr. Warum 'n nich erschießen, Candy?«

Der Alte wand sich voll Unbehagen. »Tja – zum Teufel – ich hab 'n so lang gehabt. Seit er ganz klein war. Hab mit ihm Schafe gehütet.« Stolz fügte er hinzu: »Man würd's nich denken, wenn man 'n jetz ansieht, aber verflixt, er war der beste Schäferhund, den ich je gesehn hab.«

George sagte: »In Weed hab ich 'n Burschen gesehn, der hatte 'n Airdale, der Schafe hüten konnte. Hatte es von den andern Hunden gelernt.«

Carlson war von seiner Idee nicht abzubringen. »Guck mal, Candy. Der alte Hund leidet selbst die ganze Zeit. Wenn du ihn rausnähmst und würdst ihn am Genick erschießen – hier gerade hinterm Kopf« – er beugte sich über ihn und zeigte die Stelle – »siehste, hier, dann würde er überhaupt nich merken, was passiert is.«

Candy sah sich unglücklich um. »Nein«, sagte er leise. »Nein. Das könnte ich nich tun. Hab ihn zu lang gehabt.«

»Er hat keinen Spaß mehr. Und stinkt schlimmer als die Hölle. Weißte was. Ich will 'n für dich erschießen. Dann bist du's nich, der's tut.«

Candy kam mit den Beinen von seiner Schlafstelle hinunter. Nervös kratzte er seinen weißen abstehenden Backenbart. »Ich bin so an ihn gewöhnt«, sagte er wehmütig. »Hatte ihn, seit er klein war.«

»Na, bilde dir nicht ein, daß du gut zu ihm bist, wenn du ihn am Leben läßt. Schau, Slims Hündin hat gerade Junge geworfen. Wetten, daß Slim dir ein Junges geben würde, das du großziehen kannst – ja, Slim?«

Dieser hatte den alten Hund mit seinen ruhigen Augen betrachtet. »Jawoll«, sagte er. »Kannst 'n Junges haben, wenn du willst.« Er rührte sich, wie um frei herauszureden. »Carl hat recht, Candy. Der Hund is sich selbst nichts mehr nütze. Wollte, es würde mich einer erschießen, wenn ich alt und 'n Krüppel bin.«

Candy sah ihn hilflos an, denn Slims Meinung war Gesetz. »Vielleicht tut's ihm aber doch weh. Ich pflege ihn gern weiter.«

Carlson nahm das Gespräch wieder auf. »So, wie ich ihn erschießen würde, wär's sicher, daß er nichts merkte. Hier würd ich das Gewehr anlegen« – er zeigte die Stelle mit dem Fuß – »gleich hier unterm Hinterkopf. Er würde nich mal zusammenfahren.«

Candy sah hilfesuchend von einem zum andern. Es war draußen völlig Nacht geworden. Ein junger Arbeiter kam herein. Seine hängenden Schultern waren vornüber geneigt, und er ging schwer auf den Fersen, als hätte er unsichtbar noch den Kornsack auf dem Rücken. Er ging zu seiner Schlafstelle und legte seinen Hut auf das Brett. Er nahm eine Zeitschrift davon herunter und brachte sie unter das Licht an den Tisch. »Hab ich dir das gezeigt, Slim?« fragte er.

»Was gezeigt?«

Der junge Mann kehrte das Heft um, so daß die Rückseite nach oben kam, legte es auf den Tisch und zeigte mit dem Finger: »Siehste, hier, lies das.« Slim beugte sich darüber. »Nur zu«, sagte der junge Mann. »Lies es vor.«

»Lieber Herr Redakteur«, las Slim langsam. »Ich habe Ihre Zeitschrift seit sechs Jahren gelesen, und ich halte sie für die beste, die auf den Markt kommt. Die Geschichten von Peter Rand mag ich gern. Ich finde, er ist prima. Geben Sie uns mehr wie ›Der finstre Reiter‹. Ich schreibe nicht oft Briefe. Wollte Ihnen bloß sagen, daß ich nie einen Groschen besser angewandt habe als für Ihre Hefte!«

Slim sah ihn fragend an. »Warum willste, daß ich das vorlese?«

Whit sagte: »Lies weiter. Lies unten den Namen.«

Slim las: »Mit den besten Wünschen für Erfolg, Ihr William Tenner.« Wieder sah er zu Whit auf. »Warum soll ich das vorlesen?«

Whit machte das Heft mit bedeutungsvoller Gebärde zu. »Besinnste dich nicht auf Bill Tenner? Der hier vor etwa drei Monaten gearbeitet hat?«

Slim dachte nach. »So 'n kleiner Bursche? Hat 'n Kultivator bedient?«

»Stimmt!« rief Whit aus. »Das is er!«

»Du denkst, das is der Bursch, der den Brief geschrieben hat?«

»Ich weiß es. Bill un ich waren eines Tages hier drinnen. Bill hatte eins von den Heften, das gerade gekommen war. Blättert drin un sagt: ›Hab 'n Brief geschrieben. Bin neugierig, ob se 'n reingenommen haben in das Heft.‹ Aber er war nich drin. Sagt Bill: ›Kann sein, se heben ihn für später auf.‹ Und so is es. Hier steht er.«

»Scheinst recht zu haben«, sagte Slim. »Steht richtig drin im Heft.«

George streckte die Hand nach dem Heft aus. »Kann ich's mal ansehn?«

Whit fand die Stelle wieder, aber er gab das Heft nicht aus der Hand. Er wies mit dem Zeigefinger auf den Brief. Dann ging er zu seinem Fach aus Kistenholz und legte das Heft vorsichtig hinein. »Wüßte gern, ob Bill es gesehn hat. Wir haben zusammen auf demselben Erbsenfeld gearbeitet. Haben beide 'n Kultivator bedient. Bill war 'n verteufelt netter Kerl.«

Carlson hatte sich aus der ganzen Unterhaltung rausgehalten. Er sah weiter hinunter auf den alten Hund. Candy beobachtete ihn voll Mißbehagen. Schließlich sagte Carlson: »Wenn du einverstanden bist, will ich auf der Stelle den armen Teufel von seinem Elend befreien, und dann sind wir die Geschichte los. Er hat nichts mehr vom Leben zu erwarten. Kann nich fressen, nich sehn, nich mal laufen, ohne daß es ihm weh tut.«

Hoffnungsvoll wandte Candy ein: »Hast ja kein Gewehr.«

»Zum Teufel doch. Hab 'ne Luger-Pistole. Es wird ihm überhaupt nich weh tun.«

Candy sagte: »Vielleicht morgen. Wart bis morgen.«

»Kann nich einsehn, warum«, sagte Carslon. Er ging zu seiner Schlafstelle, holte darunter seinen Reisesack hervor und entnahm ihm eine Luger-Pistole. »Laß uns damit Schluß machen«, sagte er. »Wir können nich schlafen, wenn er uns hier alles verstinkt.« Er steckte die Pistole in die Seitentasche.

Candy blickte lange auf Slim, in der Hoffnung auf einen Einspruch von ihm. Aber Slim äußerte nichts. Endlich sagte Candy matt und mutlos: »Also, nimm ihn.« Er sah den Hund nicht an. Er legte sich auf seiner Schlafstelle zurück, kreuzte die Arme hinter dem Kopf und starrte an die Zimmerdecke.

Carlson nahm einen kleinen Lederriemen aus seiner Tasche. Sich herabbeugend, band er ihn dem alten Hund um den Hals. Die Männer, mit Ausnahme Candys, sahen ihm zu. »Komm, alter Knabe, komm, komm«, sagte er zuredend, und zu Candy gewandt in entschuldigendem Ton: »Er wird es nich mal fühlen.« Candy rührte sich nicht und gab keine Antwort. Carlson zog den Riemen leicht an. »Komm mit, alter Knabe.« Der Hund kam langsam und steif auf seine Füße zu stehen und folgte dem leisen Zug der Leine.

»Carlson«, rief Slim.

»Was is los?«

»Du weißt, was du zu tun hast!«

»Was meinst du, Slim?«

»Nimm eine Schaufel«, sagte Slim kurz.

»O sicher. Werd's besorgen.«

George folgte ihm zur Tür, schloß sie und klappte den Türschnapper leise zu. Candy lag steif auf seinem Bett und starrte an die Decke.

Dann sagte Slim vernehmlich: »Eines meiner Maultiere hat einen schlimmen Huf. Muß etwas Teer aufschmieren.« Seine Stimme klang langsam aus. Draußen war es still. Carlsons Tritte verklangen. Das Schweigen drang in die Stube und lastete auf ihr.

George durchbrach es mit leichtem Kichern. »Wetten, daß Lennie da draußen in der Scheune is mit seinem Hundejungen. Jetzt wird er keine Lust mehr haben, hierherzukommen, wo er sein Junges hat.«

Slim sagte zu Candy: »Du kannst haben, welches du willst von den jungen Hunden.«

Candy gab keine Antwort. Wieder legte sich Stille über den Raum. Sie kam aus der Nacht und nahm Besitz von der

Stube. Nach einer Weile fragte George: »Hat jemand Lust zu einer kleinen Whist-Partie?«

»Ich will ein bißchen mit dir spielen«, sagte Whit.

Sie nahmen einander gegenüber an dem Tisch unter der Lampe Platz, aber George mischte die Karten nicht. Er ließ nervös den Rand der oberen Karte springen, und das knipsende Geräusch zog die Blicke aller Anwesenden auf ihn, so daß er damit aufhörte. Abermals war es völlig still in der Stube. Eine Minute um die andere verstrich. Candy lag reglos, an die Decke starrend. Slim schaute ihn einen Augenblick an, dann blickte er an seinen Händen hinunter. Er legte eine über die andere und ließ sie herabhängen. Ein leises nagendes Geräusch wurde unter dem Fußboden vernehmlich, und alle sahen dankbar hin.

»Klingt, als ob da unten eine Ratte wäre«, sagte George. »Wir sollten eine Falle aufstellen.«

Whit platzte heraus: »Was zum Teufel fackelt er so lange? Leg ein paar Karten aus, heda! Wir kriegen keinen Whist zustande, wenn auf die Art gespielt wird.«

George nahm die Karten ordentlich zusammen und betrachtete sie von der Rückseite. Wiederum kroch Stille in die Stube. In der Ferne knallte ein Schuß. Sofort blickten die Männer zu Candy; alle Köpfe hatten sich nach ihm umgedreht. Einen Augenblick starrte er weiter an die Decke. Dann wälzte er sich herum, der Wand zu, und lag ganz still.

Nun mischte George die Karten geräuschvoll und teilte sie aus. Whit stellte ein Markierbrett auf und setzte die Pflöcke ein. Dann sagte er: »Ihr Burschen seid scheint's wirklich zur Arbeit hergekommen.«

»Wie meinste das?« fragte George.

56

Whit lachte. »Na, ihr seid am Freitag gekommen. Habt zwei Tage zu arbeiten bis Sonntag.«

»Ich versteh nich, was du da rechnest«, sagte George.

Whit lachte wieder. »Würdst es schon verstehen, wenn du viel auf den großen Farmen hier herumgekommen wärest. 'n Bursche, der sich eine Farm mal angucken will, kommt am Samstagnachmittag. Kriegt am Samstag ein Nachtessen und drei Mahlzeiten am Sonntag, und Montag früh kann er nach dem Frühstück abschieben, ohne die Hand gerührt zu haben. Aber ihr tretet Freitag mittag zur Arbeit an. Anderthalb Tage müßt ihr mitmachen, was ihr auch sonst plant.«

George sah ihn ruhig an. »Wir haben vor, 'ne Weile hier zu bleiben«, sagte er. »Lennie un ich woll'n zusammen was auf die hohe Kante legen.«

Leise öffnete sich die Tür, und der Stallknecht trat herein; ein magerer Negerkopf, von Schmerz umsäumt, aus dessen Augen Geduld sprach. »Mr. Slim.«

Slim hob den Blick von Candy. »Hallo! Ach, Crooks. Was is los?«

»Sie sagten mir, ich solle Teer anwärmen für den Fuß des Maulesels. Ich hab ihn warm gemacht.«

»O, gut, Crooks. Ich komm gleich raus und schmier ihn auf.«

»Ich kann es machen, wenn Sie wollen, Mr. Slim.«

»Nein, ich komm und mach es selber.«

»Mr. Slim«, sagte Crooks.

»Nun?«

»Der große neue Bursche macht sich da draußen in der Scheune mit Ihren Hundejungen zu schaffen.«

»Schon gut, er stellt nix mit ihnen an. Hab ihm eins geschenkt.«

»Dachte, es wär besser, es Ihnen zu sagen. Er nimmt sie aus dem Nest raus und hat se in der Hand. Tut ihnen nich gut.«

»Wird ihnen auch nich schaden. Ich komm jetz raus mit dir.«

»Wenn der verrückte Bastard zu viel dummes Zeug macht, so schmeiß ihn raus, Slim«, sagte George aufblickend.

Slim folgte dem Stallknecht aus der Stube.

George teilte die Karten aus, und Whit nahm seine in die Hand und betrachtete sie. »Haste schon die Kleine gesehen?« fragte er.

»Was für 'ne Kleine?« gab George zurück.

»Na, Curleys junge Frau.«

»Ja, ich hab se gesehn.«

»Und?«

»Viel hab ich nich von ihr gesehn.«

Whit legte seine Karten bedeutungsvoll nieder. »Na, guck dich um und halt die Augen offen. Dann wirste viel sehn. Sie verbirgt nix. Hab noch nie so jemand gesehn. Macht immerfort allen schöne Augen. Würde mich nich wundern, wenn sie sogar dem Stallknecht welche machte. Weiß zum Teufel nich, was se eigentlich will.«

George fragte beiläufig: »Hat es Ärger gegeben, seit sie da is?«

Es war klar, daß Whit sich nicht für seine Karten interessierte. Er legte sie nieder, und George nahm sie an sich und legte bedächtig seine Patience aus – sieben Karten, darüber sechs und darauf fünf.

»Ich weiß, was du meinst«, bemerkte Whit. »Nein, bis jetz noch nich. Curley is heimlich eifersüchtig, aber das is bis jetzt alles. Jedesmal, wenn die Burschen in der Nähe sind, spielt sie sich auf. Sie sucht Curley, oder sie hat was liegen lassen und muß es suchen. Kann's scheint's nich lassen, wenn irgendwelche Kerle in der Nähe sind. Und Curley kribbelt's in den Hosen wie Ameisen, aber bis jetz is noch nichts passiert.«

George sagte: »'s gibt sicher Ärger mit ihr. Großen Ärger sogar. Sie is 'n Köder – zum Abschuß bereit. Der Curley wird mit der noch was erleben. 'ne Farm mit 'ner Horde Männer ist kein Ort für 'n Mädel, und besonders so eine wie die.«

»Wenn du 'ne Anregung möchtest, sollteste morgen abend mit uns zur Stadt kommen«, schlug Whit vor.

»Warum? Was is los?«

»Bloß das übliche. Wir gehn in das Lokal der alten Susy. Verteufelt nette Bude. Bei der geht's immer lustig zu – reißt immerfort Witze. Neulich, als wir Samstag abend vorne rein kommen, macht se die Tür auf und schreit zurück über die Schulter: ›Mädels, zieht eure Röcke an, hier kommt der Sheriff.‹ Sie macht aber nie schmutzige Witze. Hat fünf Mädels dort.«

»Was kostet der Spaß?« fragte George.

»Zweieinhalb. Kannst aber auch 'ne kleine Zeche für zwei Silberstücke bekommen. Susy hat auch hübsche Stühle zum Sitzen. Wenn einer nich aus sich raus gehn möchte, na dann kann er ruhig auf 'm Stuhl sitzen und 'n paar Glas trinken und Susy läßt ihn in Frieden. Sie peitscht die Burschen nich durch und schmeißt se nich raus, wenn se nich anbeißen wollen.«

»Könnte ja gehn un mir den Braten mal ansehen«, meinte George.

»Ja sicher, komm mit. 's gibt verteufelt viel Spaß – ihr Witzereißen die ganze Zeit. So sagt se mal, sagt se: ›Hab Leute gekannt, wenn die 'n Flickenteppich auf 'm Fußboden und 'ne Zelluloidlampe auf 'm Grammophon haben, dann bilden se sich ein, sie hätten 'n Salon.‹ Damit meint se Klaras Haus. Und Susy sagt: ›Ich weiß, was de Burschen brauchen‹, sagte se. ›Meine Mädels sind sauber‹, sagte se, ›un kein Wasser nich in mein' Whisky. Wenn einer von euch Burschen gern 'ne Zelluloid-Puppenlampe anguckt un es riskieren will zu verbrennen, na dann wißt ihr, wohin gehn.‹ Und se sagt: ›'s gibt Burschen hierzuland, die gehn mit O-Beinen rum, weil se gern 'ne Zelluloid-Puppenlampe sehn.‹«

George fragte: »Klara hat 'n andres Lokal, ja?«

»Ja«, antwortete Whit. »Wir gehn aber nie hin. Klara nimmt drei Dollar für den ganzen Spaß und fünfunddreißig Cent für die kleine Zeche, und se reißt keine Witze. Aber Susys Bude is sauber und hat hübsche Stühle. Läßt auch keine Vagabunden rein.«

»Lennie und ich woll'n was auf die hohe Kante legen«, sagte George. »Könnte ja reingehn und mir 'ne kleine Zeche leisten, aber zwei'n halb wende ich nich dran.«

»Na ja, man muß doch manchmal seinen Spaß haben«, meinte Whit.

Die Tür ging auf, und Lennie und Carlson kamen zusammen herein. Lennie kroch zu seiner Schlafstelle und schien möglichst unbemerkt bleiben zu wollen. Carlson griff unter die Bank und holte seinen Reisesack hervor. Er sah den alten Candy nicht an, der immer noch mit dem Gesicht gegen die Wand dalag. Carlson fand ein Stäbchen zum Reinmachen in seinen Sachen und ein Kännchen Öl. Er legte beides aufs Bett, nahm die Pistole heraus, holte die Zeitung und klopfte die Ladung aus der Kammer heraus. Dann fing er an, das Rohr mit dem Stäbchen zu reinigen. Als der Hahn schnappte, drehte sich Candy um und sah einen Augenblick auf die Waffe, ehe er sich wieder der Wand zukehrte. Carlson fragte so nebenbei: »Curley schon hier gewesen?«

»Nein«, sagte Whit. »Was ist mit Curley?«

Carlson kniff die Augen zu, um in das Pistolenrohr zu sehen. »Sucht seine Alte. Hab ihn draußen rumrasen sehn.«

Whit bemerkte spöttisch: »Verbringt seine halbe Zeit mit Suchen nach ihr, und in der übrigen Zeit sucht sie ihn.«

Gleich darauf platzte Curley erregt in die Stube. »Hat jemand von euch Burschen meine Frau gesehn?« fragte er.

»Is nich hier gewesen«, antwortete Whit.

Curley blickte drohend im Zimmer umher. »Wo zum Teufel is Slim?«

»Ging raus in die Scheune«, sagte George. »Wollte etwas Teer auf einen rissigen Huf tun.«

Curleys Schultern hoben sich und gingen in die Breite. »Wie lang is es her, daß er gegangen is?«

»Fünf – vielleicht zehn Minuten.«

Curley stürzte zur Tür hinaus und schmiß sie krachend hinter sich zu.

Whit stand auf. »Möchte das ganz gern mit ansehn«, sagte er. »Curley ist nicht bei Trost, sonst wär er nich hinter Slim her. Und Curley is handgreiflich, verdammt handgreiflich. Hat sich für den Endkampf um die ›Goldnen Handschuhe‹ gemeldet. Hat Zeitungsausschnitte darüber.« – Er überlegte. »Wäre auf alle Fälle besser, er ließe Slim in Ruh. Niemand weiß, was Slim fertigkriegt.«

»Denkt er, Slim sei mit seiner Frau zusammen?« fragte George.

»Sieht so aus. Natürlich stimmt das nich. Jedenfalls glaube ich das nich. Möchte aber das Spektakel mitansehn, wenn's losgeht.«

George sagte: »Ich bleibe hier. Will mich in nix reinziehen lassen. Lennie und ich wollen was auf die hohe Kante legen.«

Carlson war fertig mit dem Reinigen der Pistole, tat sie in den Reisesack und schob diesen wieder unter das Bett. »Ich glaube, ich geh raus und guck nach ihr«, sagte er. Candy lag still, und Lennie beobachtete George von seiner Schlafbank aus vorsichtig.

Als Whit und Carlson gegangen waren und die Tür sich hinter ihnen geschlossen hatte, wandte sich George zu Lennie.

»Was haste auf'm Herzen?«

»Hab nix gemacht, George. Slim sagt, ich täte besser, die Jungen jetz 'ne Weile nich soviel zu streicheln. Es wär nich gut für sie. So bin ich hier reingekommen. Bin brav gewesen, George.«

»Hätte ich dir auch sagen können«, bemerkte George.

»Tja, habe ihnen aber nich weh getan. Hatte bloß meins auf'm Schoß und streichelte es.«

»Haste Slim draußen in der Scheune gesehn?« fragte George.

»Aber gewiß. Er sagte mir, ich soll das Junge nich mehr streicheln.«

»Haste die Frau gesehn?«

»Meinste Curleys?«

»Jawoll. Is se in de Scheune gekommen?«

»Nein. Jedenfalls hab ich se nich gesehn.«

»Haste nirgends Slim mit ihr reden sehn?«

»I wo – se war ja gar nich in der Scheune.«

»Also gut«, sagte George. »Ich denke, die Burschen werden keinen Kampf erleben. Wenn's 'ne Rauferei gibt, Lennie, halt du dich fern davon.«

»Will nix von Raufereien wissen«, sagte Lennie. Er stand von seiner Schlafstelle auf und setzte sich an den Tisch, George gegenüber. Fast automatisch mischte George die Karten und legte seine Patience aus. Er tat es mit wohlüberlegter, bedächtiger Langsamkeit.

Lennie griff eine Figurenkarte heraus und studierte sie; dann wendete er sie, daß der Kopf nach unten kam, und studierte wieder. »Von beiden Seiten gleich«, sagte er. »George, warum is es von beiden Seiten gleich?«

»Weiß nich«, sagte George. »Se machen se eben so. Was hat Slim in der Scheune gemacht, als du ihn gesehn hast?«

»Slim?«

»Ja, du hast ihn in der Scheune gesehn, und er hat dir gesagt, du sollst die Jungen nich soviel streicheln.«

»Ja doch. Er hatte eine Kanne mit Teer und einen Pinsel. Weiß nich, wofür.«

»Biste sicher, daß die Frau nich reinkam, so wie heute hier?«

»Nein, se is überhaupt nich reingekommen.«

George seufzte. »Besser is gleich 'n richtiges Hurenhaus. Da kann 'n Bursche sich besaufen un alles wieder rauskotzen, und niemand schert sich drum. Und er weiß, was er zu zahlen hat. Hier mit dieser Zuchthauspflanze steht man immer mit einem Bein im Kittchen.«

Lennie folgte seinen Worten voll Bewunderung und bewegte seine Lippen, als wolle er sie sich einprägen. George fuhr fort: »Erinnerst du dich an Andy Cushmann, Lennie? Ging aufs Gymnasium, weißte noch?«

»Der 'ne alte Dame hatte, die für die Kinder warme Kuchen gebacken hat?« fragte Lennie.

»Jawoll, den mein ich. Du behältst alles, was mit Essen zu tun hat.«

George betrachtete sorgsam seine Patience. Er legte ein As auf das Spielbrett und darauf Karo zwei, drei und vier. »Andy is zur Zeit im Gefängnis San Quentin wegen 'ner Dirne.«

Lennie trommelte mit den Fingern auf dem Tisch. »George?«

»Was?«

»George – wie lang is es noch, bis wir das Stück Land kriegen und *vom Fett der Erde* leben und … und Kaninchen haben?«

»Weiß nich«, sagte George. »Erst müssen wir noch mächtig was auf die hohe Kante legen. Ich kenn ein kleines Landgut, das billig zu haben wär, aber die Leute wollen's noch nich hergeben.«

Der alte Candy drehte sich langsam wieder um. Seine Augen waren weit geöffnet. Er beobachtete George scharf.

Lennie bettelte: »Erzähl mir von dem kleinen Landgut, George!«

»Hab dir doch erst eben davon erzählt, gestern abend erst.«

»Weiter, George – noch mal!«

»Also, es is etwa zehn Acker groß«, sagte George. »Hat 'ne kleine Windmühle, 'n kleinen Weideplatz dabei, und 'n Auslauf für die Hühner. Hat 'ne Küche, Obstgarten, Kirschen, Äpfel, Pfirsiche, Aprikosen, Nüsse, ein paar Beerensträucher. Auch 'n Kleefeld is da und reichlich Wasser dafür. Auch 'ne Röhrenleitung …«

»Un Kaninchen, George!«

»'s is noch kein Platz für Kaninchen da, aber es wär leicht, ein paar kleine Ställe zu bauen, und du könntest den Kaninchen Klee verfüttern.«

»Verdammt, ja; du hast verflixt recht, daß ich das könnte.«

George hörte auf, seine Hände mit den Karten spielen zu lassen. Seine Stimme bekam einen wärmeren Klang. »Und wir könnten 'n paar Schweine haben. Ich könnte eine Rauchkammer bauen, wie mein Großvater eine hatte, und wenn wir 'n Schwein schlachten, können wir Speck und Schinken räuchern und Wurst machen und so was. Und wenn die Lachse den Fluß raufziehn, können wir so um die hundert fangen und einpökeln oder räuchern. Die könnten wir zum Frühstück essen. Gibt nix Feineres als geräucherten Lachs. Wenn die Früchte reif sind, können wir sie einmachen. Zum Beispiel Tomaten. Sind sehr leicht einzumachen. Jeden Sonntag schlachten wir ein Huhn oder ein Kaninchen. Kann sein, daß wir auch 'ne Kuh oder 'ne Ziege haben können, und der Rahm is so verdammt dick, daß man ihn mit dem Messer schneiden un mit dem Löffel rausnehmen muß.«

Lennie sog alles mit weitgeöffneten Augen ein, und auch Candy spitzte die Ohren. Lennie sagte verträumt: »Wir könnten vom Fett der Erde leben.«

»Sicher«, sagte George. »Alle möglichen Gemüse im Garten, un wenn wir Lust auf 'n bißchen Whisky haben, dann können wir 'n paar Eier oder so was verkaufen, oder Milch. Wir würden eben dort leben. Würden dort hingehören. Brauchten nicht mehr im Land herumzutippeln und zu essen, was ein japanischer Koch gekocht hat. Nein, wir würden unser eignes Stück Land haben, wo wir hingehören, und in kein' Schlafsaal nich schlafen.«

»Erzähl vom Haus, George«, bat Lennie.

»Aber ja, wir würden also 'n Häuschen für uns allein haben und eine Stube für uns. 'n kleiner runder eiserner Ofen drin, un im Winter lassen wir das Feuer nich ausgehn. Es is nich so viel Land, daß wir hart arbeiten müßten. Vielleicht sechs, oder auch sieben Stunden am Tag. Brauchten nich mehr elf Stunden am Tag Gerste zu laden. Und wenn wir was säen, siehste, dann wär'n wir auch da, um es zu ernten. Wir wüßten, was rauskommt, wenn wir gepflanzt haben.«

»Und Kaninchen«, fiel Lennie begeistert ein. »Und ich versorg se. Wahrhaftig, George, das tu ich.«

»Sicher, du würdest mit 'm Sack zum Kleefeld gehn und Futter holen und es hinters Kaninchengitter tun.«

»Sie würden knabbern und knabbern, so wie se das machen. Kann se sehn!«

»Alle sechs Wochen oder so«, fuhr George fort, »würden se Junge werfen, so daß wir reichlich Kaninchen zum Essen und zum Verkaufen hätten. Und wir würden uns 'n paar Tauben halten, die würden um die Windmühle rumfliegen – so wie damals, als ich 'n Kind war.« Er sah verzückt nach der Wand hinter Lennies Kopf. »Und es wäre unsers, und keiner könnt uns rausschmeißen. Und wenn wir jemanden nich mögen, dann können wir sagen ›Zum Teufel mit dir‹, und bei Gott, er muß sich wegmachen. Und wenn ein Freund zu uns käme, dann hätten wir 'ne extra Schlafstelle, und würden sagen: ›Warum bleibst nich die Nacht bei uns?‹, und weiß Gott, er bliebe. Wir hätten 'n Spürhund und 'n paar gestreifte Katzen, aber du mußt aufpassen, daß die Katzen den Kaninchen nix tun.«

Lennie atmete schwer. »Die sollen's bloß probieren! An die Kaninchen gehn! Denen brech ich das gottverdammte Genick. Ich zerschmeiß se mit 'n Stock.« Er brach ab und brummelte in sich hinein, den künftigen Katzen drohend, wenn sie es wagen würden, die künftigen Kaninchen zu stören.

George saß da, versunken in sein eignes Wunschbild.

Als dann plötzlich Candy sprach, fuhren sie beide hoch, als seien sie bei etwas Verbotenem ertappt worden. Candy sagte: »Wißt ihr, wo 's so was gibt?«

George war sofort argwöhnisch. »Und wenn schon - was sagt dir das?«

»Brauchst mir ja nich zu sagen, wo es liegt. Kann überall sein.«

»Sicher«, sagte George. »Du könntest es in hundert Jahren nich finden.«

Erregt fuhr Candy fort: »Was verlangen se für so 'n Anwesen?«

George beobachtete ihn mißtrauisch. »Tja – ich könnt's wohl für sechshundert Dollar kriegen. Die alten Leutchen, denen es gehört, sind gebrechlich, die alte Dame muß sich operieren lassen. Sag – was kümmert dich das? Du hast nichts mit uns zu schaffen.«

Candy sagte: »Ich tauge nich mehr viel mit meiner einen Hand. Hab die rechte Hand hier auf der Farm verloren. Darum geben sie mir Arbeit und lassen mich auskehren und scheuern. Se ha'm mir auch zweihundertfünfzig Dollar gegeben, als ich die Hand verlor. Und fünfzig hab ich noch gespart, die sind auch auf der Bank, vollzählig.

Das macht dreihundert. Und fünfzig krieg ich noch Ende des nächsten Monats. Will euch was sagen ...« Erregt beugte er sich vor. »Wenn ich nu mit euch käme. Dreihundertfünfzig Dollar könnt ich reinstecken. Viel kann ich nich leisten. Aber ich könnte kochen und die Hühner versorgen und den Garten 'n bissel umhacken. Wie wär das?«

George schloß die Augen. »Darüber muß ich erst nachdenken. Hab immer gedacht, wir würden's alleine machen.«

Candy unterbrach ihn. »Ich würde 'n Testament machen und meinen Anteil euch vermachen, wenn ich ins Gras beiße. Denn ich hab doch keine Verwandten. Habt ihr Geld? Vielleicht könnten wir's sofort schaffen?«

George spuckte verächtlich auf den Boden. »Wir ha'm zusammen zehn Dollar.« Dann fügte er nachdenklich hinzu: »Schau, wenn Lennie un ich einen Monat arbeiten und nichts ausgeben, dann ha'm wir hundert Dollar. Das macht vierhundertfünfzig. Wetten, daß wir's damit schaffen könnten? Dann könnten du und Lennie hingehen und das Ding in Gang bringen, und ich würde Arbeit suchen und den Rest zuverdienen, und ihr könntet Eier und so was verkaufen.«

Sie verfielen in Schweigen. Staunend sahen sie einander an. Sie hatten das alles nie wirklich geglaubt, und nun sollte es wahr werden! George sagte ehrfürchtig: »Jesus Christus! Wetten – wir können es schaffen!« Seine Augen waren voll Wunderglauben. »Wetten – wir können es schaffen«, wiederholte er leise.

Candy saß jetzt an der Kante der Schlafstelle. Er kratzte nervös den Stumpf an dem leeren Handgelenk. »'s sind vier Jahre her, daß ich verletzt wurde. Se werden mich bald kaltstellen. Sobald ich die Schlafräume nicht mehr scheuern kann, werden se mich abschreiben. Vielleicht, wenn ich euch mein Geld gebe, laßt ihr mich den Garten hacken, auch wenn es nich mehr viel taugt. Und ich kann aufwaschen und das Federvieh versorgen und so was. Aber ich werde auf was Eigenem sein, und ich werde auf dem eigenen Fleck arbeiten dürfen.« Jammernd setzte er hinzu: »Habt ihr gesehn, was sie gestern abend mit meinem Hund gemacht haben? Sie sagen, er war sich und andern nichts mehr nütze. Wenn se mich kaltstellen, dann wünschte ich, jemand würde mich erschießen. Aber das wird keiner nich tun. Ich werd nichts haben, wo ich hingehn kann, und keine Arbeit mehr kriegen. – Bis ihr hier raus wollt, krieg ich noch mal dreißig Dollar.«

George stand auf. »Wir werden's machen«, sagte er. »Wir wollen das ins reine bringen mit dem Stück Land und dort leben.« Er setzte sich wieder hin. Sie saßen alle still, alle drei bezaubert von der Schönheit ihres Vorhabens, jeder mit ganzem Gemüt in die Zukunft getaucht, wenn dieser herrliche Plan Wirklichkeit würde.

George ließ seine Gedanken laut wandern. »Gesetzt, es wäre in der Stadt ein Karneval oder ein Zirkus, oder ein Ballspiel, oder sonst der Teufel weiß was …« Der alte Candy nickte verständnisvoll. »Wir würden einfach hingehn. Würden niemand fragen, ob wir dürften. Brauchten bloß zu sagen: ›Wir woll'n hingeh'n‹, und schon wären wir dort. Schnell noch die Kuh gemolken und dem Federvieh was hingestreut, und los.«

»Und den Kaninchen noch Grünfutter gegeben«, warf Lennie dazwischen. »Würde nie vergessen, ihnen Futter zu geben. Wann machen wir das, George?«

»In einem Monat. Auf'n Punkt in einem Monat. Ich weiß, was ich tun will. Werde den alten Leuten schreiben, denen das kleine Anwesen gehört, daß wir's nehmen. Und Candy schickt hundert Dollar, damit wir sie festlegen.«

»Gewiß will ich das. Se ha'm 'n guten Ofen dort, nich?«

»Jawoll, 'n prima Ofen. Für Kohlen oder Holz.«

»Un ich nehm mein Hundejunges mit«, sagte Lennie. »Wetten, daß es ihm dort gefällt – Jesus, das is sicher.«

Von draußen näherten sich Stimmen. George sagte noch schnell: »Sagt niemandem was davon. Grad wir drei und sonst keiner. Sonst kriegen sie's fertig, uns rauszusetzen, und dann können wir nichts sparen. Woll'n einfach weitermachen, als ob wir unser Lebtag Gerste aufladen wollten, und dann eines Tages kriegen wir unsern Lohn und machen uns dünne.«

Lennie und Candy nickten, strahlend vor Wonne. »Niemand was sagen«, brummelte Lennie vor sich hin.

Candy sagte: »George!«

»Was?«

»Ich hätte den Hund selbst erschießen sollen, George. Hätte keinen Fremden meinen Hund erschießen lassen sollen.«

Die Tür ging auf. Herein kam Slim, gefolgt von Curley und Carlson und Whit. Slims Hände waren vom Teer geschwärzt, und er sah düster drein. Curley war dicht hinter ihm.

»Na, ich meinte nichts weiter damit, Slim«, sagte Curley. »Hab dich bloß gefragt.«

Slim antwortete: »Hast mich zu oft gefragt. Is mir gottverdammt über. Wenn du dich nich selber um deine gottverdammte Frau kümmern kannst, was erwartest du dafür von mir? Laß mich in Frieden.«

»Hab dir doch eben gesagt, daß ich nichts weiter damit gemeint habe«, eiferte sich Curley. »Dachte bloß, du könntest sie gesehn haben.«

»Warum zum Teufel haste se nich da gelassen, wo se hingehört?« warf Carlson ein. »Läßt se da um die Schlafräume rumscharwenzeln, und bald wird was los sein, und du kannst nichts dagegen machen.«

Curley fuhr auf Carlson los. »Misch du dich nich ein, oder ich setz dich raus.«

Carlson lachte. »Du gottverdammter Kerl«, sagte er. »Hast versucht, Slim einen Hieb zu versetzen, und er saß nich. Jetz hat Slim dir einen Schreck eingejagt, du bist gelb wie ein Froschbauch. Is mir gleich, ob du der beste Faustkämpfer im Lande bist. Komm du an mich ran, und ich schlag dir den gottverdammten Schädel ein.«

Candy unterstützte den Angriff mit Freuden. »Handschuh voll Vaseline«, sagte er entrüstet. Curley starrte ihn an. Seine Augen irrten weiter, an ihm vorbei, und blieben an Lennie haften. Lennie lächelte immer noch in sich hinein im Gedanken an das Gut.

Curley rannte zu Lennie hinüber wie ein Terrier. »Was zum Teufel haste zu lachen?«

Lennie sah ihn mit leerem Blick an. »Was?«

Da brach Curleys Wut aus. »Komm her, du großer Bastard. Stell dich auf die Füße. Kein großer Hundsfott hat über mich zu lachen. Werd dir zeigen, wer gelb is.«

Lennie blickte hilflos auf George, dann stand er auf und versuchte einen Rückzug. Curley schien plötzlich im Gleichgewicht und ruhig. Er holte mit der Linken nach

Lennie aus, und dann versetzte er ihm mit der Rechten einen gewaltigen Schlag auf die Nase. Lennie stieß einen Schrei des Schreckens aus. Blut strömte aus seiner Nase. »George«, schrie er, »mach, daß er mich losläßt, George.« Er ging bis an die Wand zurück, Curley folgte ihm, sein Gesicht mit den Fäusten bearbeitend. Lennies Hände hingen schlaff herab; er war zu erschrocken, um sich zu wehren. Da sprang George auf und schrie: »Pack ihn, Lennie. Laß dir's nich gefallen.«

Lennie bedeckte sein Gesicht mit seinen ungeheuren Pfoten und stöhnte vor Entsetzen. Wieder schrie er: »Mach, daß er mich losläßt, George!« Da packte Curley ihn in der Rippengegend und verschlug ihm den Atem.

Nun sprang Slim auf. »Kleine Drecksratte«, schrie er. »Will ihn selbst kriegen.«

George streckte die Hand aus und packte Slim. »Wart einen Augenblick«, rief er. Dann legte er beide Hände rund um den Mund und schrie: »Pack ihn, Lennie.«

Lennie nahm die Hände vom Gesicht weg und blickte sich nach George um, da schlug Curley ihm aufs Auge. Das große Gesicht war blutüberströmt. Wieder brüllte George: »Pack ihn, sag ich.«

Curleys Faust war im Schwung, als Lennie sie packte. Im nächsten Augenblick zappelte Curley wie ein Fisch an der Angel; seine geschlossene Faust war verloren in Lennies Hand. George raste durchs Zimmer. »Laß ihn los, Lennie. Laß los!«

Aber Lennie starrte voll Schrecken auf den zappelnden Mann in seiner Hand. Blut rann über Lennies Gesicht, das eine Auge war getroffen und zu. George gab ihm einen leichten Schlag um den andern ins Gesicht, und immer noch

72

hielt Lennie krampfhaft die geschlossene Faust in der Hand. Curley war weiß geworden und sank in sich zusammen, er hatte den Kampf aufgegeben. Heulend stand er da, seine Faust begraben in Lennies Pfote.

Abermals schrie George: »Laß seine Hand los, Lennie! – Slim, komm und hilf mir – solang der Kerl noch etwas wie eine Hand hat.«

Auf einmal ließ Lennie los. Er kroch an die Wand zurück und kauerte sich hin. »Du hast's gewollt, George«, sagte er jammervoll.

Curley setzte sich auf den Boden und sah fassungslos auf seine zerschmetterte Hand. Dann richtete Slim sich auf und sah mit Grausen auf Lennie. »Wir müssen ihn zum Arzt bringen«, sagte er. »Es sieht aus, als ob alle Handknochen zerschmettert sind.«

»Das wollte ich nich«, schrie Lennie. »Wollte ihn nich verletzen.«

Slim sagte zu Carlson: »Laß du den leichten Wagen anspannen. Wir wollen ihn nach Soledad bringen und verbinden lassen.« Carlson sauste hinaus. Slim wandte sich zu dem ächzenden Lennie. »Kannst nich dafür«, sagte er zu ihm. »Dieser Kerl hat sich's selber zugezogen. Aber Jesus! Es is kaum was von seiner Hand übrig.« Slim eilte hinaus und kam gleich darauf mit einem Zinnbecher voll Wasser zurück. Er hielt ihn Curley an die Lippen.

George frage: »Slim, werden wir jetz rausgeschmissen? Wir wollten doch was auf die hohe Kante legen. Wird Curleys alter Herr uns jetz raussetzen?«

Slim lächelte bitter. Er kniete neben Curley nieder. »Hast du deine Sinne so beisammen, daß du zuhören kannst?« fragte er ihn. Curley nickte. »So paß auf«, fuhr

Slim fort. »Ich denke, wir sagen, deine Hand is in 'ne Maschine geraten. Und wenn du niemandem sagst, was passiert is, dann sagen wir's auch nich. Wenn du aber versuchst, diesen Burschen rausschmeißen zu lassen, dann erzählen wir alles. Und dann brauchst du für den Spott nicht zu sorgen.«

»Werde nichts sagen«, antwortete Curley. Er vermied es, zu Lennie zu sehen.

Man hörte die Räder des Einspänners draußen. Slim half Curley auf die Füße. »Komm jetzt. Carlson bringt dich zum Arzt.« Er half Curley zur Tür hinaus. Das Geräusch der Räder verklang. Gleich kam Slim wieder in den Schlafraum zurück. Er sah nach Lennie, der immer noch furchtsam gegen die Wand gekauert hockte. »Zeig mir deine Hände«, sagte er. »Allmächtiger Christus – verhüte Gott, daß du auf mich wütend würdest!«

George fiel ihm ins Wort. »Lennie war außer sich vor Schreck«, erklärte er. »Er wußte sich nich zu helfen. Ich hab's dir ja gesagt, es sollte sich keiner nich auf 'n Kampf mit ihm einstellen. Ach nein, wahrscheinlich hab ich's Candy gesagt.«

Candy nickte ernsthaft. »Ja, das haste gesagt. Grad heut morgen, als Curley zum erstenmal mit deinem Freund was anzetteln wollte, da sagst du: ›Er täte besser, keine Dummheiten mit Lennie zu machen, wenn er sein eignes Bestes will!‹ Ja, das haste mir gesagt.«

George wandte sich an Lennie. »Du kannst nich dafür«, sagte er. »Brauchst dich nich mehr zu fürchten. Hast bloß getan, was ich dich geheißen hab. Vielleicht gehste jetzt am besten in den Waschraum und wäschst dein Gesicht. Du siehst höllisch aus.«

74

Lennie lächelte, so gut es mit dem verwundeten Mund ging. »Wollte kein Unheil anrichten«, sagte er. Er ging zur Tür, aber ehe er sie ganz erreicht hatte, kehrte er noch einmal um. »George?«

»Was willste?«

»Ich darf aber doch die Kaninchen versorgen, ja?«

»Sicher. Hast nix Böses getan.«

»Hab nix Schlimmes gewollt, George.«

»Also gut, aber zum Teufel, geh jetz dein Gesicht waschen.«

IV

Crooks, der farbige Stallknecht, hatte seine Schlafstelle in der Sattelkammer; es war ein kleiner Schuppen, angelehnt an die Scheunenwand. An der einen Seite des kleinen Raumes war ein viereckiges Fenster mit vier kleinen Scheiben und auf der anderen eine schmale Brettertür, welche in die Scheune führte. Crooks' Schlafstelle war eine lange, mit Stroh gefüllte Kiste, über die seine Decken gebreitet waren. An der Fensterwand waren Nägel, an denen in Reparatur befindliches Pferdegeschirr hing, sowie Streifen neuen Leders; unter dem Fenster selbst befand sich eine kleine Truhe für Handwerkszeug für die Lederarbeiten: krumme Messer und Nadeln, Knäuel mit Leinenfaden und eine handliche Hufnagelzwicke. An anderen Nägeln hingen Geschirrteile, ein geborstenes Halsband, aus dem die Roßhaarfütterung heraussah, ein zerbrochener Geschirrbügel und ein Zugriemen, dessen Lederteil zerrissen war. Crooks hatte seine Kiste über dem Lager und auf deren

75

Brettern eine Reihe von Medizinflaschen, teils für sich, teils für die Pferde. Büchsen mit Sattelschmiere waren da und eine tropfende Teerkanne mit herausragendem Pinsel. Auf dem Boden ausgebreitet waren noch verschiedene Gegenstände, die persönliches Eigentum von Crooks waren. Denn, da er allein war, konnte er seine Sachen umherliegen lassen, und als Stallknecht und zudem Krüppel, war er länger auf der Farm als die andern Arbeiter und hatte mehr Besitz angesammelt, als er auf dem Rücken hätte tragen können.

Crooks besaß mehrere Paar Schuhe, ein Paar Gummistiefel, einen großen Wecker und ein einläufiges Gewehr. Auch Bücher hatte er: ein abgegriffenes Wörterbuch und eine beschädigte Ausgabe des kalifornischen Bürgerlichen Gesetzbuches von 1905. Zerlesene Zeitschriftenhefte waren da und ein paar schmutzige Bücher auf einem besonderen Brett über der Schlafstelle. Eine große goldgerändertel Brille hing an einem Nagel über dem Bett.

Der Raum war gekehrt und ziemlich sauber, denn Crooks war ein stolzer, auf sich selbst gestellter Mensch. Er hielt Distanz und verlangte, daß andere sie auch zu ihm wahrten. Sein Körper neigte sich nach links infolge einer Rückgratverkrümmung, und seine Augen waren tiefliegend und hatten durch diese Tiefe einen intensiven Glanz. Sein mageres Gesicht war von tiefen schwarzen Falten umsäumt, und seine dünnen, schmerzgestrafften Lippen waren heller als sein Gesicht.

Es war Samstagabend. Durch die offene, zum Stall führende Tür drang Lärm von der Bewegung der Pferde, von scharrenden Füßen, von Heu zerkauenden Zähnen und vom Geklirr der Halfterketten. Den Schlafraum des Stallknechtes beleuchtete eine kleine, runde elektrische Lampe mit schwachem gelblichen Licht.

Crooks saß auf seinem Bettgestell. Sein Hemd hing hinten aus der Hose raus. In der einen Hand hielt er eine Flasche mit einem Einreibemittel, mit der anderen rieb er sich den Rücken ein. Von Zeit zu Zeit goß er ein paar Tropfen des Einreibemittels in seine rosige Handfläche und faßte unter das Hemd, um weiter einzureiben. Er beugte sich zurück und erzitterte leicht.

Geräuschlos erschien Lennie im offenen Tor und schaute stehend hinein; seine breiten Schultern füllten die Öffnung fast aus. Einen Augenblick lang sah Crooks ihn nicht, aber als er seine Augen erhob, richtete er sich steif auf, und ein finsterer Ausdruck trat in sein Gesicht.

Lennie lächelte hilflos in dem Wunsch, Freundschaft zu schließen.

Crooks sagte scharf: »Hast kein Recht, in meine Stube zu kommen. Dies is meine Stube. Niemand hat ein Anrecht darauf, hier zu sein außer mir.«

Lennie schluckte, und sein Lächeln wurde noch unterwürfiger. »Ich tu ja nichts«, sagte er. »Kam nur eben, um nach meinem Hundejungchen zu sehn, und da sah ich dein Licht«, erklärte er.

»Bitte, ich habe ein Recht auf ein Licht. Du geh raus aus meiner Stube. Ich bin unerwünscht im Schlafgebäude, und du bist in meiner Stube nicht erwünscht.«

»Warum bist du unerwünscht?« fragte Lennie.

»Weil ich farbig bin. Sie spielen drin Karten, aber ich kann nich mitspielen, weil ich 'n Schwarzer bin. Sie sagen, ich stinke. Na, ich kann dir sagen, daß ihr alle für mich Stinker seid.«

Lennie schlug hilflos seine großen Hände aneinander. »Alles is in die Stadt gegangen«, sagte er. »Slim und George und alle. George hat gesagt, ich sollte hierbleiben und kein Unheil anrichten. Da sah ich dein Licht!«

»Na und, was willst du?«

»Nichts – ich hab bloß dein Licht gesehn. Dachte, ich könnte 'n bißchen herkommen und dasitzen.«

Crooks starrte Lennie an, dann griff er hinter sich, holte die Brille herunter, befestigte sie über seinen rosigen Ohren und starrte wieder auf ihn. »Ich kann nich einsehn, was du in der Scheune willst. Du bist kein Roßpfleger. Ein Auflader hat in der Scheune nichts zu suchen. Bist kein Roßpfleger. Hast mit den Pferden nichts zu tun.«

»Das Hundchen«, wiederholte Lennie. »Kam, um mein Hundchen zu sehn.«

»Also, so geh und sieh nach deinem Hund. Aber komm nich, wo du nich erwünscht bist.«

Aus Lennies Gesicht wich das Lächeln. Er ging ein Stück weit in die Stube hinein, dann besann er sich und wich wieder zur Tür zurück. »Hab se 'n bißchen angeguckt. Slim sagt, ich soll se nich viel streicheln.«

Crooks antwortete: »Hast se aber immerfort aus dem Nest genommen. Wundert mich, daß die Alte sich nich 'n andern Platz sucht.«

»Oh, ihr is das gleich. Die läßt mich ran.« Lennie bewegte sich wieder vorwärts in die Stube hinein.

Crooks wollte finster blicken, aber Lennies Lächeln entwaffnete und besiegte ihn. »Komm und sitz ein bißchen her«, sagte er. »Wenn du doch nich rausgehst un mich in Ruh läßt, kannst geradesogut niedersitzen.« Sein Ton war ein bißchen freundlicher. »Alle Burschen in der Stadt, was?«

»Alle außer dem alten Candy. Der sitzt im Schlafsaal und spitzt seinen Bleistift und spitzt ihn und rechnet.«

Crooks schob die Brille zurecht. »Rechnet? Was hat Candy zu rechnen?«

Lennie schrie fast heraus: »Wegen der Kaninchen.«

»Du bist nich ganz richtig«, sagte Crooks. »Bist wohl ganz verrückt. Von was für Kaninchen redst du?«

»Von den Kaninchen, die wir haben werden, un ich werd se versorgen, werd ihnen Gras schneiden und Wasser bringen un so was.«

»Total verrückt«, sagte Crooks. »Kann's dem Burschen, der mit dir reist, nich verdenken, daß er sich dich vom Leibe hält.«

Lennie sagte ruhig: »Ich lüge nich. Wir werden welche haben. Werden 'n Stück Land haben und vom Fett der Erde leben.«

Crooks machte es sich bequemer auf seiner Schlafstelle. »Setz dich«, sagte er. »Setz dich auf das Fäßchen hier.«

Lennie setzte sich auf die kleine Tonne. »Du denkst, es is 'ne Lüge«, sagte er. »Is aber keine. Jedes Wort is wahr, und du kannst George fragen.«

Crooks legte sein dunkles Kinn in seine rosige Handfläche. »Du tippelst mit George, ja?«

»Stimmt. Er un ich gehn überallhin zusammen.«

Crooks redete weiter. »Manchmal spricht er, und du hast keine Ahnung, was zum Teufel er sagt. Stimmt's nich auch?«

»Nun – ja – manchmal.«

»Redet immer weiter, un du weißt den Teufel nich, wovon eigentlich?«

»Na ja – manchmal. Aber nich immer.«

Crooks beugte sich über den Bettrand vor. »Bin kein Neger aus den Südstaaten«, sagte er. »Bin hier in Kalifornien geboren. Mein Alter hatte 'ne Hühnerfarm, etwa zehn Morgen groß. Die Kinder der Weißen kamen zum Spielen zu uns, und manchmal ging ich zum Spielen zu ihnen, und es waren welche dabei, die sehr nett waren. Aber mein Alter hatte das nich gern. Erst sehr viel später hab ich verstanden, warum. Jetzt weiß ich's.« Er zögerte, und als er zu sprechen fortfuhr, war seine Stimme weicher geworden. »Meilenweit war keine andere farbige Familie. Un jetz is hier auf der Farm kein andrer Farbiger und in Soledad bloß 'ne einzige Familie.« Er lachte auf. »Wenn ich was sage – na, dann war's eben bloß 'n Nigger, der's gesagt hat.«

Lennie fragte mitten hinein: »Wie lang denkste, daß es dauert, bis die kleinen Hunde groß genug sind, daß man se streicheln darf?«

Crooks lachte wieder. »Wenigstens kann ein Bursche zu dir reden un sicher sein, daß du's nich ausschwätzt. – In 'n paar Wochen wer'n die Jungen so weit sein. – George weiß, woran er mit dir is. Redet drauflos, un du verstehst nix.« Er lehnte sich aufgeregt vor. »Un hier redet bloß 'n Nigger, 'n buckliger Nigger. Also hat's nix zu bedeuten, verstehste? Könntest es ja doch nich behalten. – Hab das schon wer weiß wie oft erlebt – jemand redet zu einem andern, un es macht gar nix aus, ob der zuhört und versteht oder nich. Es geht drum, daß se reden; oder se sitzen zusammen un reden nich. Macht kein'n Unterschied nich, kein'n Unterschied.« Seine Aufregung wuchs, und er begann, mit den Händen auf seine Knie zu schlagen. »George kann dir die verschrobensten Dinge sagen, es macht gar nix. Auf das Reden kommt's an. Daß man mit jemand anderem zusammen is. Das is alles.« Er hielt inne.

Seine Stimme wurde sanft und überredend. »Gesetzt, George käme nich mehr zurück. Er macht sich aus dem Staub un käme nich wieder. Was würdste dann tun?«

Allmählich erwachte Lennies Aufmerksamkeit. »Was?« fragte er.

»Hab gesagt, gesetzt, George ginge heute in die Stadt un du würdst nie mehr von ihm hören.« Crooks schien sich bewußt zu werden, daß er einen persönlichen Triumph herauspressen konnte, wenn er weiterging. »Stell dir das mal vor«, beharrte er.

»Das wird er nich tun«, schrie Lennie auf. »So was würde George nie tun. Ich bin schon lange mit ihm zusammen. Er wird heut abend zurückkommen.« Aber schon die Möglichkeit des Zweifels überwältigte ihn. »Nich wahr, er wird zurückkommen?«

Crooks' Gesicht hellte sich auf und weidete sich an der Qual des anderen. »Keiner kann sagen, was 'n anderer tun wird«, bemerkte er ruhig. »Gesetzt, er wollte zurückkommen un könnte nich. Gesetzt, er würde getötet oder verletzt, so daß er nich zurück könnte.«

Lennie strengte sich gewaltig an, um zu verstehen. »So was wird George nich tun«, wiederholte er. »George is vorsichtig. Er is noch nie verletzt worden, weil er vorsichtig is.«

»Ja, aber gesetzt, bloß gesetzt den Fall, er käme nich zurück. Was willste dann tun?«

Lennies Gesicht zog sich unter der Angst zusammen. »Weiß nich. Sag, was willste überhaupt?« schrie er auf. »Es is nich wahr. George is nich verletzt.«

Crooks bohrte weiter. »Soll ich dir sagen, was geschehen wird? Se würden dich in 'ne Irren-Anstalt bringen. Würden dich festbinden, wie 'n Hund.«

Plötzlich blickten Lennies Augen starr gradaus und wurden ruhig und zornig. Er stand auf und näherte sich Crooks bedrohlich. »Wer hat George verletzt?« fragte er.

Crooks spürte die drohende Gefahr. Er zog sich auf der Schlafstelle zurück, um ihr auszuweichen. »Ich hab's ja bloß mal angenommen«, sagte er. »George is nich verletzt. Es is alles in Ordnung mit ihm. Er wird richtig zurückkommen.«

Lennie stand dicht über ihm. »Was haste so was anzunehmen? Keiner hat zu sagen, gesetzt den Fall, George is verletzt …«

Crooks nahm seine Brille ab und wischte die Gläser mit den Fingern aus. »Setz dich ruhig wieder hin«, sagte er. »George is nich verletzt.«

Lennie begab sich grollend wieder zu seinem Sitz auf der Tonne. »Keiner hat so zu reden, als ob George verletzt wäre«, brummelte er.

Freundlich sagte Crooks: »Vielleicht kannste's jetz verstehn. Du hast George. Du *weißt*, daß er wiederkommen wird. Stell dir vor, du hättest niemand. Un du könntest nich in den Schlafsaal gehn un mitspielen, weil du 'n Schwarzer wärst. Wie würde dir das gefallen? Stell dir vor, du hättest hier zu sitzen un Bücher zu lesen. Du könntest meinetwegen beim Hufeisenspiel sein bis zum Dunkelwerden, aber dann hättste Bücher zu lesen. Bücher helfen ei'm nich. Jeder Mensch braucht 'n andern – jemand, der in der Nähe is.« Weinerlich fuhr er fort: »Ein Mensch geht kaputt, wenn er niemand hat. Macht keinen Unterschied, wer's is, wenn man nur jemand hat. Kann dir sagen«, rief er erregt, »man wird sonst zu einsam und wird elend.«

»George wird wiederkommen«, tröstete Lennie sich selbst, den Schrecken immer noch in der Stimme. »Kann sein, daß er schon da is. Täte vielleicht besser nachzusehn.«

Crooks sagte: »Wollte dich nich erschrecken. Er wird zurückkommen. Hab von mir selbst geredet. 'n Bursche, der den ganzen Abend hier sitzt, vielleicht tut er lesen, oder es kommen ihm solche Gedanken. Manchmal fällt er in Nachdenken, und nix is da, woran er merkt, is es so oder nich. Er sieht was, un kann doch nich sagen, is es richtig oder nich. Kann sich nich an 'n andern wenden un rauskriegen, ob der's auch so sieht oder nich. Er kann nich wissen. Hat kein' Maßstab nich. Ich hab manches hier gesehn. War nich betrunken. Weiß nich, ob's im Schlaf war. Wär 'n Bursche bei mir, so könnt er mir sagen, ob ich geschlafen hab, un 's wär in Ordnung. So weiß ich nich.«

Lennie sagte klagend: »George geht nich weg un verläßt mich. Ich weiß, George tut das nich.«

Der Stallknecht fuhr verträumt fort: »Weiß noch, wie ich klein war, auf der Hühnerfarm meines Alten. Hatte zwei Brüder. Waren immer in der Nähe, immer da. Schliefen immer alle zusammen – im selben Zimmer, im selben Bett, alle drei. Hatte 'n Erdbeerbeet. Un 'n kleines Kleefeld. Ließ die Hühner an sonnigen Tagen früh raus auf das Kleefeld. Meine Brüder saßen auf 'm Gitterzaun un guckten zu. Waren weiße Hühner.«

Langsam erwachte Lennies Interesse wieder an dem, was er hörte. »George sagt, wir wer'n Klee ha'm für de Kaninchen.«

»Was für Kaninchen?«

»Wir wer'n Kaninchen ha'm und 'n Platz für Beeren.«

»Bist übergeschnappt.«

»Du auch. Frag George.«

»Bist übergeschnappt.« Crooks sagte es verächtlich. »Hab Hunderte von Leuten von der Landstraße auf die Farmen kommen sehn, mit ihrem Bündel auf'm Rücken und dieselben vertrackten Ideen im Kopf. Hunderte, sag ich. Se kommen und se gehn wieder und tippeln weiter. Und verflixt jeder von ihnen scheint 'n Stückchen Land im Kopf zu ha'm. Und keiner von den gottverdammten Kerlen erreicht's je. 's is wie mit 'm Himmel. Jeder wünscht sich 'n kleines Stückchen Land. Hab hier draußen viele Bücher gelesen. 's kommt keiner nich in 'n Himmel, un keiner kriegt sein Stück Land nich. 's steckt ihnen bloß im Kopf. Reden die ganze Zeit davon, aber 's is bloß im Kopf drin.« Er machte eine Pause und blickte zu der offenen Tür hin, denn die Pferde bewegten sich unruhig und die Halfterketten klirrten. Ein Pferd wieherte.

»Scheint jemand draußen zu sein«, sagte Crooks. »Vielleicht Slim. Slim kommt manchmal zwei-, dreimal abends. Er is 'n richtiger Roßpfleger. Sieht gut nach seinen Tieren.« Unter Schmerzen reckte er sich auf und bewegte sich zur Tür. »Slim?« fragte er.

Candys Stimme antwortete: »Slim is zur Stadt. Sag, haste Lennie gesehn?«

»Meinste den großen Burschen?«

»Ja – is er irgendwo hier gewesen?«

»Er is hier«, sagte Crooks kurz angebunden. Dann begab er sich zu seiner Schlafstelle und legte sich nieder.

Candy stand im Tor und kratzte an seinem Armstummel; das helle Licht des Raumes ließ ihn blinzeln. Doch versuchte er nicht einzutreten. »Will dir was sagen, Lennie. Hab alles durchgerechnet wegen der Kaninchen.«

Crooks sagte etwas gereizt: »Kannst reinkommen, wenn du willst.«

Candy schien verlegen. »Weiß nich – na ja, wenn du willst.«

»Komm nur rein. Wenn sonst jeder reinkommt, dann kannste auch so gut wie die andern.« Es war nicht ganz leicht für Crooks, seine Genugtuung unter gespieltem Ärger zu verstecken.

Candy trat ein, aber noch verlegen. »Hast 'n netten, gemütlichen Platz hier«, sagte er zu Crooks. »Muß fein sein, eine Stube so ganz für sich alleine zu haben.«

»Jawoll«, sagte Crooks. »Und 'n Misthaufen direkt unter dem Fenster. Is wirklich großartig.«

Lennie fuhr dazwischen: »Du hast was von den Kaninchen gesagt.« Candy lehnte an der Wand neben dem zerbrochenen Halsband und kratzte seinen Armstummel. »Bin schon lange hier«, sagte er, »und Crooks is schon lange hier, un es is das erstemal, daß ich in seine Stube komme.«

Düster sagte Crooks: »Die Leute kommen nich gerade oft in die Stube eines Farbigen. Is noch keiner hier gewesen außer Slim. Slim und der Chef.«

Candy wechselte schnell den Gesprächsgegenstand. »Slim is der beste Roßpfleger, den ich je gesehn hab.«

Lennie beugte sich zu dem Alten vor. »Von den Kaninchen!« wiederholte er hartnäckig.

Candy lächelte: »Ich hab's durchgerechnet. Wir können an den Kaninchen verdienen, wenn wir's richtig anstellen.«

»Aber ich werd se versorgen. George hat gesagt, daß ich se versorgen soll. Er hat's versprochen.«

85

Barsch unterbrach ihn Crooks: »Ihr seid kindisch. Ihr redt höllisch viel von dem Zeug, aber Land werdet ihr keins kriegen. Du wirst hier aufscheuern, bis se dich in vier Brettern raustragen. Zum Teufel, hab zu viele Burschen gesehn. Lennie wird hier in zwei, drei Wochen wieder weggehen und auf der Straße sein. Scheint, daß jeder von euch Brüdern Land im Kopf hat.«

Candy rieb ärgerlich seine Backe. »Du hast gottverdammt recht, un wir werden's machen. George sagt, daß er sicher is. Wir haben das Geld zusammen.«

»So?« sagte Crooks. »Un wo is George jetz? In der Stadt im Hurenhaus. Da geht euer Geld hin. Jesus, wie oft hab ich das schon mit angesehn. Hab zu viele Burschen gekannt mit 'n Stück Land im Kopf. Haben's nie in de Hand gekriegt.«

Candy rief aus: »Aber gewiß woll'n se das alle. Jeder will 'n Stückchen Land, braucht nich viel zu sein. Bloß so viel, daß man was Eigenes hat, worauf man leben kann, und niemand kann ein'n rausschmeißen. Hab nie eins gehabt. Hab für weiß der Teufel bald jedermann in diesem Staat gesät und gepflanzt, aber nie war's mein eigenes Gewächs. Und wenn ich geerntet hab, nie war's meine Ernte. Aber jetz werden wir das machen, und du täusch dich nich drüber. George hat das Geld nich mit in der Stadt. Das is auf der Bank. Ich un Lennie un George. Un wir wer'n 'ne Stube für uns ha'm. 'n Hund wer'n wir ha'm und Kaninchen und Hühner. Grünkorn wer'n wir pflanzen und vielleicht 'ne Kuh oder 'ne Ziege ha'm.« Er brach ab, überwältigt von seinem Bilde.

Crooks sagte: »Also, das Geld habt ihr?«

»Zum Teufel ja. Das meiste ha'm wir. 's fehlt nur noch 'n bißchen. Das krieg'n wir in ei'm Monat. George hat das Grundstück schon an der Hand.«

Crooks faßte hinter sich und untersuchte sein Rückgrat. »Hab nie einen Burschen es wirklich machen sehn. Hab erlebt, wie se fast verrückt waren vor Sehnsucht nach Land, aber jedesmal verschlang ein Hurenhaus oder ein Blackjack-Spiel, was es gekostet hätte.« Er zögerte. »Wenn ... wenn ihr Burschen einen braucht, der umsonst arbeitet – bloß für den Unterhalt –, da käm ich mit un würde euch zur Hand gehn. Bin nich so verkrüppelt, daß ich nich wie der Teufel arbeiten könnte, wenn ich will.«

»Hat einer von euch Burschen Curley gesehn?«

Im Nu drehten sich alle Köpfe zur Tür hin. Wer hereinschaute, war Curleys Frau. Ihr Gesicht war stark geschminkt. Ihre Lippen waren halb geöffnet, und sie atmete schwer, als sei sie gerannt.

»Curley war nich hier«, sagte Candy in säuerlichem Ton.

Sie stand still im Tor und lächelte sie ein wenig an, indem sie die Nägel der einen Hand mit Daumen und Zeigefinger der andern rieb, und ihre Augen gingen von einem Gesicht zum anderen. »Alle Schwachen ha'm se hiergelassen«, sagte sie schließlich. »Meint ihr, ich wüßte nich, wo se alle hingegangen sind? Sogar Curley. Ich weiß, wohin sie alle gegangen sind.«

Lennie beobachtete sie hingerissen; aber die andern wichen ihr mit finsteren Blicken aus. Candy sagte: »Na, wenn du's weißt, warum fragste uns, wo Curley is?«

Sie sah sie belustigt an. »Komisch«, sagte sie. »Wenn ich irgendeinen Mann allein erwische, geht's prima mit ihm. Aber kaum sind zwei von euch Burschen zusammen, un keiner will reden. Das is rein verrückt.« Sie nahm die Finger auseinander und stützte die Hände gegen die Hüften. »Ihr habt alle Angst voreinander. Jeder von euch hat Angst, daß die übrigen was gegen ihn vorhaben.«

Nach einer Pause sagte Candy: »Vielleicht gehste jetz besser wieder in euer eignes Haus zurück. Wir woll'n keine Unannehmlichkeit ha'm.«

»Na, ich mach euch keine Unannehmlichkeiten. Meint ihr, ich möchte nich auch ab un zu mal mit wem reden? Meint ihr, ich will die ganze Zeit in dem Haus kleben?«

Candy legte seinen Armstummel aufs Knie und rieb ihn leicht mit der Hand. Vorwurfsvoll sagte er: »Du hast 'n Mann. Hast keine Ursache, dich an andre Burschen ranzumachen und Unheil zu stiften.«

Die Frau brauste auf. »Jawoll hab ich 'n Mann. Habt 'n alle gesehn. Flotter Bursche, was? Braucht seine ganze Zeit, um zu erzählen, was er den Burschen antun will, die er nich leiden mag, un er mag kein'n leiden. Meint ihr, ich will in dem elenden Haus bleiben und anhören, wie Curley mit seiner abgzwickten linken Hand zweimal erst mit der Linken losgegangen ist und dann den guten alten Schwinger mit der Rechten gelandet hat? ›Eins, zwei‹, sagt er, ›ganz wie einst, eins, zwei, und runter mit ihm.‹« Sie unterbrach sich, und plötzlich wich der gelangweilte Ausdruck aus ihrem Gesicht und machte einem aufsteigenden Interesse Platz. »Sagt mal, was is mit Curleys Hand passiert?«

Ein verlegenes Schweigen trat ein. Candy warf einen verstohlenen Blick auf Lennie. »Tja … Curley … seine Hand is in 'ne Maschine gekommen, die hat se ihm zerquetscht.«

Sie sah einen Augenblick scharf hin, dann lachte sie. »Lügenmärchen. Was bildet ihr euch ein, daß ihr mich an der Nase herumführen könnt? Curley hat was angefangen, was

ihm zuviel war. Von 'ner Maschine zerquetscht – Geflunker.
Na – hat mit keinem sein altes ›Eins, zwei‹ gemacht, seit seine Hand zerbrochen is. Wer hat se ihm zerbrochen?«

Candy wiederholte mürrisch: »Is in 'ne Maschine geraten.«

»Mein'twegen«, sagte sie verächtlich. »Mein'twegen,
deckt ihn, wenn ihr wollt. Was mach ich mir draus? Ihr
Bündel Tollpatsche denkt Wunder was ihr seid. Was denkt
ihr denn, was ich bin? Ein Baby? Ich kann euch sagen, ich
könnte beim Theater sein. Bei mehr als einem. Und einer
hat mir gesagt, er könnte mich zum Film bringen.« Der
Atem ging ihr aus vor Zorn. »Samstagabend. Jeder hat was
vor. Jeder! Und was tu ich? Steh hier un red zu einem Haufen Tölpel – 'n Nigger un 'n Einfaltspinsel un 'n lausiges
altes Schaf – un bin noch froh drum, weil ich sonst niemand
hab.«

Lennie gaffte nach ihr, den Mund halb offen. Crooks
hatte sich in die zugleich abschreckende und schützende
Würde des Negers zurückgezogen. Aber mit dem alten
Candy ging eine Veränderung vor sich. Er stand jäh auf,
daß die kleine Tonne umkugelte. »Ich hab's satt«, sagte er
erbost. »Du bist hier unerwünscht. Wir haben dir's gesagt.
Und ich will dir sagen, du hast Flausen im Kopf, was uns
Burschen angeht. Du hast in deinem Hühnerhirn nicht
Verstand genug, um zu begreifen, daß wir keine Tölpel
sind. Wenn wir nun wegen dir rausgeschmissen würden.
Gesetzt, du würdest uns rausschmeißen lassen. Dann
denkste wohl, wir ziehn auf der Landstraße dahin und suchen uns 'ne andre lausige Arbeit für 'n paar Groschen wie
diese. Weißt nich, daß wir unsre eigne Farm ha'm, auf die
wir gehn können, un unser eignes Haus. Wir brauchen

nich hier zu bleiben. Wir ha'm 'n Haus und Hühner und Obstbäume un 'n Hof hundertmal hübscher als das hier. Un Freunde ha'm wir, jawoll. Kann sein, daß es mal 'ne Zeit gegeben hat, wo wir Angst hatten, wir würden kaltgestellt, aber das is vorbei. Wir ha'm unser eignes Land, un 's is unsers, un wir können hingehn.«

Curleys Frau lachte auf. »Lügenmärchen«, sagte sie. »Hab zu viel von eurer Sorte gesehn. Wenn ihr in der Welt zwei Groschen besitzt, dann bestellt ihr euch zwei Glas Branntwein dafür und trinkt se bis auf'n letzten Tropfen aus. Ich kenn euch Burschen.«

Candys Gesicht war feuerrot geworden; aber bevor sie zu Ende war, hatte er sich selbst wieder in der Gewalt. Er war Herr der Situation. »Ich hätte das wissen sollen«, sagte er sanftmütig. »Wär aber doch gescheiter, Sie machen sich auf die Socken. Wir sagen Ihnen nichts mehr. Wir wissen, was wir ha'm, un es is uns gleich, ob Sie's wissen oder nich. So is es vielleicht besser, Sie trollen sich sofort, denn 's kann sein, daß Curley es nich gern sieht, wenn seine Frau draußen in der Scheune mit uns Tölpeln is.«

Sie sah von einem zum andern und alle Mienen waren ablehnend ihr gegenüber. Am längsten schaute sie Lennie an, bis er vor Verlegenheit die Augen senkte. Plötzlich sagte sie: »Woher hast du die Beulen im Gesicht?«

Lennie schaute schuldbewußt auf. »Wer – ich?«

»Aber ja, du!«

Lennie blickte Candy hilfesuchend an, und dann schaute er wieder in seinen Schoß. »Seine Hand is in 'ne Maschine geraten«, sagte er.

Curleys Frau lachte wieder. »Stimmt, Maschine. Ich rede noch mit dir. Maschinen hab ich gern.«

Candy fiel ihr ins Wort. »Laß du den Burschen hier in Ruh. Mach du kein dummes Zeug mit ihm. Ich werde George erzählen, was du sagst. George will's nich haben, daß du Dummheiten mit Lennie machst.«

»Wer is George?« fragte sie. »Der Kleine, mit dem du gekommen bist?«

Lennie lächelte glücklich. »Das is er. Das is der Bursche, un er wird mich de Kaninchen versorgen lassen.«

»Na, wenn's das is, was du wünschst, so kann ich ja selbst 'n paar Kaninchen anschaffen.«

Nun stand Crooks von seinem Lager auf und blickte ihr grad ins Gesicht. »Hab es satt«, sagte er kalt. »Hast kein Recht, in die Stube eines Farbigen zu kommen. Hast hier gar nichts zu suchen. Jetz machste, daß du rauskommst, und zwar schnell. Wenn nich, dann wer'n wir dem Chef sagen, er soll dich nie mehr nich in de Scheune kommen lassen.«

Sie wandte sich höhnisch zu ihm. »Hör, du Nigger, weißt du, was ich dir antun kann, wenn ich …«

Crooks starrte sie hoffnungslos an, und dann setzte er sich auf seine Schlafstelle und sank in sich zusammen.

Sie stellte sich dicht vor ihn. »Du weißt, was ich tun kann?«

Crooks schien kleiner zu werden, und er drückte sich an die Wand. »Ja, ich weiß.«

»Also, bleib auf deinem Platz, Nigger. Es wär so leicht, dich mit 'm Strick um 'n Hals an 'nem Baum zappeln zu lassen, daß es nich mal mehr Spaß machen würde.«

Crooks war zu einem Nichts zusammengeschrumpft. Da war keine Persönlichkeit mehr, kein Ich – nichts, was Beifall oder Mißfallen erregen konnte. »Ja«, sagte er mit tonloser Stimme.

Einen Augenblick stand sie über ihm, als warte sie, daß er sich rührte, so daß sie ihm noch einen Hieb versetzen könnte. Aber Crooks lag vollkommen ruhig da, die Augen abgewandt, alles Verletzbare gleichsam nach innen gezogen. So wandte sie sich schließlich den beiden anderen zu.

Der alte Candy beobachtete sie wie gebannt. »Wenn du so was tätest, so würden wir's erzählen. Wir würden erzählen, wie du Crooks bearbeitet hast.«

»Erzählt nur, Gott verdamm euch«, schrie sie. »Keiner würde auf euch hören, und ihr wißt es. Keiner hörte auf euch.«

Candy gab sich besiegt. »Nein«, gab er zu. »... Keiner würde auf uns hören.«

Lennie jammerte: »Wäre doch George hier. Wäre doch George hier.«

Candy lief zu ihm hinüber. »Gräm du dich nich«, sagte er. »Hab eben die Jungs reinkommen hören. Wetten, daß George schon im Schlafsaal is.« Er kehrte sich um zu Curleys Frau. »Du tust am besten, jetz nach Haus zu gehn. Wenn du jetz sofort gehst, so werd'n wir Curley nix davon sagen, daß du hier warst.«

Sie sah ihn kühl an, als wollte sie ihn abschätzen. »Bin nich sicher, daß du was gehört hast.«

»Besser, du baust nich auf 'n Zufall. Wenn du nich sicher bist, so is Vorsicht das beste.«

Sie wandte sich an Lennie. »Bin froh, daß du Curley 'n bißchen verhauen hast. Er hat sich's selber zuzuschreiben. Manchmal wünschte ich, ich könnt ihn selber verhauen.« Sie schlüpfte zur Tür hinaus und verschwand im Dunkel der Scheune. Und während sie durch die Scheune ging, klirrten die Halfterketten, einige Pferde schnaubten, und andre stampften mit den Füßen.

Langsam schien sich Crooks aus den Schutzschichten, die er um sich gelegt hatte, wieder herauszuwinden. »War das wahr, was du sagtest, daß die Jungs zurückgekommen sind?« fragte er.

»Sicher, ich habe se gehört.«

»So – ich hab nix gehört.«

»Das Tor ist zugeschlagen«, sagte Candy, und er fuhr fort: »Jesus Christus, Curleys Frau kann aber leise treten. Wird wohl viel Übung ha'm.«

Crooks wollte sich auf nichts mehr einlassen. »Vielleicht geht ihr jetzt besser auch. Ich weiß nich, ob ich euch gern noch lange hier haben möchte. Selbst ein Farbiger muß gewisse Rechte haben, auch wenn er sich aus diesen Rechten nichts macht.«

Candy sagte: »Das hätte diese Hure dir nich sagen dürfen.«

»Hat nix zu bedeuten«, sagte Crooks trübsinnig. »Daß ihr Burschen zu mir reinkamt und bei mir saßt, hatte mich's vergessen lassen. Was sie sagte, is wahr.«

Die Pferde schnaubten draußen in der Scheune, und die Ketten klirrten, und dazwischen rief eine Stimme: »Lennie! O Lennie! Biste in der Scheune?«

»Das is George«, rief Lennie aus. Und er antwortete: »Hier, George! Hier bin ich!«

Im nächsten Augenblick stand George im Türrahmen und sah mißbilligend drein. »Was tuste in Crooks' Stube. Du solltest nich hier sein.«

Crooks nickte. »Hab's ihnen gesagt, aber sie sind doch reingekommen.«

»Na, warum se nich raussetzen?«

»Lag mir nix dran, Lennie is 'n netter Kerl.«

Jetzt erhob sich Candy. »O George! Ich hab gerechnet un gerechnet. Hab ausgeklügelt, wie wir aus den Kaninchen Geld ziehen können.«

George sah böse aus. »Hab euch doch gesagt, ihr solltet niemand was davon sagen.«

Candy fiel in sich zusammen. »Hab zu niemand was gesagt außer zu Crooks.«

George sagte: »Also, ihr zwei geht jetz hier raus. Jesus, ich kann scheint's nich 'ne Minute weggehn.«

Candy und Lennie standen auf und gingen zur Tür. Da rief Crooks: »Candy!«

»Was?«

»Weißte, was ich gesagt hab wegen Umgraben und allerlei Arbeit tun?«

»Ja«, sagte Candy, »weiß noch.«

»Dann vergiß es«, sagte Crooks. »War mir nich ernst. Hab bloß Unsinn gemacht. Möchte an keinen solchen Ort gehn.«

»Also, auch recht, wenn du so willst. Gute Nacht.«

Die drei Männer gingen zur Tür hinaus. Als sie durch den Stall gingen, schnaubten die Pferde, und die Halfterketten klirrten.

Crooks saß auf seiner Schlafkiste und blickte einen Augenblick zu der Tür. Dann nahm er die Flasche mit dem Mittel zum Einreiben hervor. Er zog sein Hemd am Rücken etwas heraus, goß ein wenig von der Flüssigkeit in seine rosige Handfläche, griff damit nach hinten und begann langsam, seinen Rücken einzureiben.

94

V

Am einen Ende der Scheune war frisches Heu hoch aufge-
stapelt, und über dem Stapel hing die vierzackige Heugabel
an ihrem Kloben. Wie ein Berghang senkte sich das Heu
nach dem andern Ende der Scheune zu, wo noch eine ebene
Stelle der neuen Ernte harrte. An der Seite waren die Fut-
terhaufen sichtbar, und zwischen den Holzstreifen konnte
man die Köpfe der Pferde sehen.

Sonntagnachmittag. Die Pferde knabberten an den Re-
sten ihrer Heubündel, stampften mit den Füßen, bissen auf
das Holz der Krippen und rasselten mit den Halfterketten.
Die Nachmittagssonne fiel schräg durch die Spalten der
Scheunenwände herein und lag in hellen Streifen auf dem
Heu. Ein Fliegengesumme war in der Luft, wie das Summen
eines trägen Nachmittags.

Von draußen erklang der Lärm des Hufeisenspiels: das
Anschlagen an den Spielpflock und die Zurufe der Leute,
bald ermutigend, bald höhnend. Aber in der Scheune war es
still, durchsummt, träge und warm.

Einzig Lennie war in der Scheune, und Lennie saß im
Heu neben einer Frachtkiste an dem noch nicht aufgefüllten
Ende der Scheune. Er saß im Heu und betrachtete ein totes
Hundejunges, das vor ihm lag. Lange sah er es an, und dann
legte er seine riesige Hand darauf und streichelte es, den
ganzen Körper entlang.

Und er sagte leise zu dem Tierchen: »Warum mußtest
du totgehn? Bist doch nich so klein wie 'n Mäuschen.
Hab dich nich toll geschlagen.« Er bog den Kopf des
Tierchens hoch, sah ihm ins Gesicht und sprach zu ihm:
»Nun wird mich George keine Kaninchen nich versor-

gen lassen, wenn er rausfind't, daß ich dich totgemacht hab.«

Er machte eine kleine Höhle und legte das Junge hinein, dann bedeckte er es wieder mit Heu, bis man es nicht mehr sah. Aber er starrte weiter auf den kleinen Grabhügel, den er aufgeschichtet hatte. »Das is nich so was Schlimmes«, sprach er zu sich selber, »daß ich mich deswegen im Gebüsch verstecken müßte. O nein. So schlimm is es nich. Werde George sagen, ich hätte es tot gefunden.«

Er grub das Junge wieder aus und untersuchte es, indem er es von den Ohren zum Schwanz streichelte. Kummervoll fuhr er fort: »Aber er wird Bescheid wissen. George weiß immer Bescheid. Er wird sagen: ›Du hast's getan. Probier nich, mir was vorzumachen.‹ Un er wird sagen: ›Un dafür darfste nun die Kaninchen nich versorgen.‹«

Plötzlich stieg Wut in ihm auf. »Gott verdamm dich«, schrie er. »Warum mußtest du totgehn? Bist nich so klein wie 'n Mäuschen.« Er las das Junge auf und schleuderte es von sich. Drehte ihm den Rücken zu und murmelte: »Jetz werd ich die Kaninchen nich zu versorgen kriegen. Er wird mich nich lassen.« In seinem Schmerz schaukelte er mit dem Oberkörper hin und her.

Von draußen erklang das Getön der Hufeisen, wie sie an den Eisenpflock aufschlugen, und dann ein kleiner Chor von Zurufen. Lennie stand wieder auf und holte das Junge zurück und legte es ins Heu, sich daneben setzend. »Warst noch nich groß genug«, sagte er. »Se ha'm mir's immer wieder gesagt, du wärst noch nich groß genug. Wußte nich, daß du so leicht totgehst.« Er krabbelte mit den Fingern an dem schlaff herabhängenden Ohr des kleinen Hundes. »Vielleicht macht sich George nichts

draus«, suchte er sich zu trösten; »war doch 'n gottver-
dammtes kleines Hundeding, hatte George nix zu bedeuten.«

Da tauchte Curleys Frau am Ende der letzten Stallbox
auf. Sie ging sehr leise, so daß Lennie sie nicht wahrnahm.
Sie trug ein helles Baumwollkleid und die Schuhe mit den
Straußenfedern. Ihr Gesicht war aufgemacht, und die kleinen Lockenwürstchen waren alle am richtigen Platz. Sie
stand ganz dicht bei ihm, als Lennie endlich aufschaute und
sie bemerkte.

In panischem Schrecken schaufelte er mit den Fingern
Heu auf das Junge. Verdrießlich sah er zu ihr empor.

»Was haste da, Söhnchen?« fragte sie.

Lennie starrte sie an. »George sagt, ich soll nix mit dir zu
tun ha'm – nich mit dir reden un nix.«

Sie lachte. »Gibt dir George Befehle über alles?«

Lennie sah vor sich ins Heu hinunter. »Sagt, ich darf de
Kaninchen nich versorgen, wenn ich mit dir rede oder sonst
was.«

Sie sagte: »Er hat Angst, daß Curley wütend wird. Na,
Curley hat 'n Arm in der Schlinge. Wenn er ausfallend
wird, so kannste ihm den andern Arm zerbrechen. Mir
haste nix vormachen können, von wegen in de Maschine
geraten.«

Aber Lennie ließ sich nicht fassen. »Nein, nein, nein.
Werd nich mit dir reden un auch sonst nix.«

Sie kniete im Heu neben ihm nieder. »Hör zu«, sagte sie.
»Die Jungs sind alle bei einem Hufeisen-Wettspiel. Es is erst
etwa vier. Keiner wird von dem Spiel weggehn. Warum
kann ich nich mit dir reden? Hab nie jemand, zu dem ich reden kann. Macht mich fürchterlich einsam.«

Lennie antwortete: »Aber ich soll nich mit dir reden oder sonst was.«

»Mir wird's so einsam«, sagte sie. »Du hast Leute, zu denen du reden kannst, aber ich kann mit niemand als Curley sprechen. Sonst wird er wütend. Wie würde dir das gefallen, wenn du mit niemand reden könntest?«

Lennie beharrte: »Na, aber ich soll nich. George fürchtet, daß ich ins Unglück gerate.«

Sie wechselte den Gesprächsgegenstand. »Was haste da zugedeckt?«

Da kam Lennies ganzes Leid wieder über ihn. »Bloß meinen kleinen Hund«, sagte er traurig. »Bloß mein Hundchen.« Und er schob das Heu davon fort.

»Was – es is ja tot«, schrie sie auf.

»'s war so klein«, sagte Lennie. »Hab bloß mit ihm gespielt … und es tat, als wollt es mich beißen – un ich tat, als wollt ich ihm eins draufgeben … un dann hab ich's gemacht – und schon war's tot.«

Sie tröstete ihn. »Hab du keinen Kummer drum. War ja bloß'n Tier. 's ganze Land is voll von Tieren.«

»Das is ja nich die Hauptsache«, sagte Lennie jammervoll. »George wird mich jetz de Kaninchen nich versorgen lassen.«

»Warum nich?«

»Tja, er hat gesagt, wenn ich wieder was Schlimmes mache, darf ich de Kaninchen nich versorgen.«

Sie drängte sich dichter an ihn und sprach beruhigend auf ihn ein. »Mach dir keine Gedanken wegen reden mit mir. Hör bloß, wie die Burschen da draußen brüllen. Sie wetten in dem Spiel um vier Dollar. Keiner von ihnen wird rausgehn, eh das Spiel vorbei is.«

»Wenn George mich mit dir sprechen sieht, wird er mir die Hölle heißmachen«, sagte Lennie vorsichtig. »Hat's mir gesagt.«

Ihr Gesicht bekam einen bösen Ausdruck. »Was is denn los mit mir?« schrie sie. »Hab ich nich das Recht, mal zu jemand zu sprechen? Was denken se eigentlich, daß ich bin? Du bist 'n netter Bursche. Kann nich einsehn, warum ich nich mit dir reden soll. Tu dir nichts zuleide.«

»Na, George sagt, du wirst uns ins Unheil bringen.«

»Ach, Quatsch«, sagte sie. »In was für 'n Unheil soll ich euch bringen? Kümmert sich scheint's niemand drum, was ich für 'n Leben führe. Kann dir sagen, daß ich nicht gewohnt bin, so zu leben. Hätte was aus mir machen können.« Düster fügte sie hinzu: »Vielleicht kommt's noch.« Und dann brach ihr Mitteilungsbedürfnis in einem Strom von Worten los, als müßten sie sich überstürzen, ehe ihr der Zuhörer geraubt würde. »Bin hier in Salinas zu Hause. Kam hin, als ich ein Kind war. Na, und da kam 'n Wandertheater durch, un ich lernte einen von den Schauspielern kennen. Der sagte, ich könnte mit dem Theater ziehen. Aber meine alte Dame hat's nich erlaubt, weil ich erst fünfzehn war. Aber der Bursche hat gesagt, ich könnte. Wär ich gegangen, dann bräuchte ich nich so zu leben, das kannste glauben.«

Lennie streichelte das Junge vorwärts und rückwärts. »Wir wer'n 'n Stück Land ha'm, un Kaninchen«, erklärte er.

Sie fuhr hastig mit ihrer Geschichte fort, ehe er sie wieder unterbrechen konnte. »'n anderes Mal hab ich 'n Burschen kennengelernt, der war beim Film. Ging mit ihm zum Riverside Tanzpalast. Er sagte, er würde mich zum Film bringen. Sagte, ich wär die geborene Filmschauspielerin. Sobald er wieder in Hollywood wäre, würd er mir schreiben.« Sie

99

rückte ganz dicht an Lennie heran, um zu sehen, ob es ihm Eindruck mache. »Hab den Brief nie bekommen«, sagte sie. »Hab mir immer gedacht, meine alte Dame hat ihn gestohlen. Na, ich wollte an keinem Ort bleiben, wo ich nix aus mir machen könnte un nirgends hingehn und wo man meine Briefe stahl. So hab ich Curley genommen. Hab ihn am selben Abend im Riverside Tanzpalast kennengelernt. – Hörst du?« fragte sie.

»Ich? – Ja gewiß.«

»Tja – das hab ich bis jetzt noch niemand gesagt. Vielleicht sollt ich's nich sagen. Ich mag Curley nich. Is kein netter Mensch.« Und weil sie sich ihm anvertraute, rückte sie noch näher zu Lennie und setzte sich neben ihn. »Könnte beim Film sein und in schönen Hotels sitzen, un mich photographieren lassen. Un wenn eine Vorschau is, könnt ich hingehn, un könnte im Radio sprechen, un alles würde mich kein' Heller kosten, weil ich beim Film wär. Un all die schönen Kleider, die sie tragen! Der Mann sagte ja, ich sei die geborne Filmschauspielerin.« Sie sah zu Lennie auf und machte den Versuch einer großartigen Geste, um zu zeigen, daß sie spielen könne. Ihre Finger folgten in der Bewegung der des Handgelenks, und der kleine Finger stand kühn von den anderen ab.

Lennie seufzte tief auf. Von draußen kam wieder der Klang der Hufeisen im Aufprall auf Metall und dann ein Chor von Beifallsrufen. »Jemand hat gewonnen«, sagte Curleys Frau.

Das Licht kletterte höher, wie die Sonne unterging, und die Sonnenstrahlen zogen sich die Wand hinauf und fielen über die Futterstellen und die Köpfe der Pferde.

Lennie sagte: »Vielleicht, wenn ich das Junge nähme und

es fortschmisse, würde George nie erfahren, was passiert is. Un dann dürfte ich ohne Scherereien die Kaninchen versorgen.«

Ärgerlich sagte Curleys Frau: »Denkste an nix als an de Kaninchen?«

»Wir wer'n 'n Stück Land ha'm«, erklärte Lennie geduldig. »Wir wer'n 'n Häuschen ha'm un 'n Garten un 'n kleines Kleefeld, und der Klee is für die Kaninchen, un ich nehm 'n Sack un pack ihn voll Klee un nehme ihn zu den Kaninchen.«

Sie fragte: »Warum bist du so verrückt auf die Kaninchen?«

Lennie mußte sorgsam nachdenken, ehe er zu einem Schluß kam. Er bewegte sich vorsichtig auf sie zu, bis er ihr dicht gegenüber saß. »Ich mag gern hübsche Sachen streicheln. Mal auf einem Jahrmarkt hab ich solche langhaarige Kaninchen gesehn. Die waren niedlich, sag ich dir! Manchmal hol ich mir sogar Mäuse zum Streicheln, aber nur, wenn ich nichts Bessres haben kann.«

Curleys Frau rückte ein wenig von ihm ab. »Ich glaub, du bist verrückt«, sagte sie.

»Nein, das bin ich nicht«, erklärte Lennie ernsthaft. »George sagt, ich bin nich verrückt. Ich mag gern nette Sachen mit den Fingern streicheln, weiche Sachen.«

Sie fühlte sich wieder sicherer. »Na, wer möchte das nich?« sagte sie. »Das hat jeder gern. Ich fühle gern Seide un Samt an. Magst du gern Samt anfühlen?«

Lennie kicherte vor Vergnügen. »Wetten, bei Gott«, rief er glücklich aus. »Hab auch mal welchen gehabt. Eine Dame gab ihn mir – un das war meine eigne Tante Klara. Gab's mir selber – etwa so 'n großes Stück. Wollte, ich hätte das

Stück Samt noch.« Sein Gesicht verfinsterte sich. »Hab's verloren«, sagte er, »hab's lange nich gesehn.« Curleys Frau lachte ihn an. »Bist verrückt«, sagte sie. »Aber de bist halt auf deine Art 'n netter Kerl. Wie 'n kleines Kind. Man kann merken, was de meinst. Wenn ich mein Haar mache, setz ich mich manchmal hin un streichel's, weil's so weich is.« Um zu zeigen, wie sie das machte, fuhr sie mit den Fingern leicht über ihr Kopfhaar. »Manche Menschen haben gräßlich grobes Haar«, sagte sie selbstzufrieden. »Zum Beispiel Curley – sein Haar is wie Draht. Aber meins is weich un fein. 'türlich bürst ich's mächtig. Das macht's fein. Hier – fühl's bloß mal hier an.« Sie nahm Lennies Hand und führte sie über ihren Kopf.

Lennie streckte seine dicken Finger aus, um ihr Haar zu streicheln.

»Bring's nich durcheinander«, sagte sie.

Lennie sagte: »O wie schön!« und er streichelte kräftiger.

»Paß auf, du wirst's durcheinander bringen«, und gleich drauf voll Ärger. »Hör jetz auf, du machst alles durcheinander.« Sie warf den Kopf zur Seite, doch Lennies Finger vergruben sich in ihr Haar und blieben haften. »Laß los«, schrie sie auf, »sofort laß los.«

Lennie war von Panik ergriffen. Sein Gesicht verzerrte sich. Sie schrie los, und Lennies andre Hand fuhr ihr über Mund und Nase. »Bitte nich«, flehte er. »O bitte nich! Schrei nich! George wird wütend wer'n!«

Sie kämpfte leidenschaftlich unter seiner Hand. Ihre Füße strampelten im Heu, und sie wand sich, um frei zu kommen. Unter Lennies Hand kam ein fast erwürgtes Schreien hervor. »O bitte, tu so was nich«, flehte er. »George wird sagen, ich hab was Schlimmes getan. Wird mich de Kaninchen nich versorgen lassen.« Er lockerte seine Hand ein wenig, und ihr erstickter Schrei fuhr heraus. Lennie wurde zornig. »Tu das nich«, fuhr er sie an, »ich will nich, daß de brüllst. Du bringst mich sonst ins Unglück, wie George gesagt hat, du würdest. Tu das nich!« Sie fuhr fort, sich zu wehren, und ihre Augen waren vor Schreck aufgerissen und bekamen einen wilden Ausdruck. Da schüttelte er sie und wurde wütend. »Schrei nich mehr«, rief er, sie heftiger schüttelnd. Ihr Körper zappelte wie ein Fisch. Und dann wurde sie still. Lennie hatte ihr das Genick gebrochen.

Er sah auf sie nieder und nahm vorsichtig seine Hand von ihrem Mund fort und sah, daß sie still lag. »Wollte dir nich weh tun«, sagte er. »Aber George würde wütend, wenn du schreist.« Als sie weder antwortete noch sich regte, beugte er sich dicht zu ihr nieder. Er hob ihren Arm und ließ ihn fallen. Für einen Augenblick schien er perplex. Und dann flüsterte er, von Schrecken gepackt: »Ich hab was Schlimmes gemacht. Hab wieder was Schlimmes gemacht.« Er häufte Heu an, bis es sie halb bedeckte.

Von draußen her kam der verdoppelte Klang der Hufeisen aus Metall. Zum erstenmal wurde Lennie sich der Außenwelt bewußt. Er kauerte im Heu nieder und lauschte. »Hab was ganz Schlimmes gemacht«, sagte er. »Hätte das nich tun sollen. George wird wütend sein. Und … er hat gesagt … un ich soll mich im Gebüsch verstecken, bis er kommt. Er wird wütend sein. Im Gebüsch, bis er kommt. Das hat er gesagt.« Lennie ging zurück und sah die Tote an. Das Hundejunge lag dicht neben ihr. »Will's fortwerfen«, sagte er. »Is schlimm genug ohne das.« Er nahm das Junge unter seinen Mantel, kroch zur Scheunenwand und schaute durch die Spalten nach dem Hufeisenspiel. Dann schlich er ans Ende der Scheune bis zur letzten Box und verschwand.

Die Sonnenstreifen waren jetzt ganz oben an den Wänden, und das Licht in der Scheune wurde milde. Curleys Frau lag auf dem Rücken, halb bedeckt mit Heu.

Es war sehr still in der Scheune, und die Ruhe des Nachmittags lag über der Farm. Sogar der Klang des Hufeisens, ja die Stimmen der Männer schienen gedämpft. Das Licht in der Scheune begann zu dämmern, während es draußen noch Tag war. Eine Taube flog zum offenen Scheunentor herein, flatterte im Kreis umher und wieder hinaus. Um den hintersten Stall herum kam eine Schäferhündin, mager und langgestreckt, mit schweren Zitzen. Auf dem Weg zu der Kiste, in der sich ihre Jungen befanden, witterte sie den Geruch von Curleys Frau, und ihr Haar sträubte sich den Rücken hinauf. Sie kroch wimmernd zu ihrer Kiste und sprang hinein zu ihren Jungen.

Curleys Frau lag da, halb bedeckt mit gelblichem Heu. Alle Gemeinheit und Durchtriebenheit, alle Unzufriedenheit und alles Geltungsbedürfnis waren aus ihrem Gesicht geschwunden. Sie wirkte sehr schlicht und hübsch, ihr Antlitz war jugendlich lieblich. Ihre geschminkten Wangen und Lippen ließen sie lebendig und leicht schlafend erscheinen. Ihre Locken waren wie winzige Würstchen rückwärts von ihrem Kopf über das Heu gebreitete und ihre Lippen halb geöffnet.

Wie es bisweilen geschieht, blieb der Augenblick gleichsam schweben und war mehr als nur ein Augenblick. Klang und Bewegung schienen viel, viel länger als nur einen Moment anzuhalten.

Allmählich erwachte die Zeit wieder und schlich sich träge vorwärts. Die Pferde stampften an der andern Seite der Futterkrippen, und die Halfterketten klirrten. Draußen wurden die Männerstimmen lauter und deutlicher.

Von der letzten Box her ließ sich die Stimme des alten Candy vernehmen. »Lennie«, rief er, »o Lennie, ich hab immerzu gerechnet. Will dir sagen, was wir tun können.« Nun kam er um die Box herum. »O Lennie«, rief er wieder; dann hielt er inne, und sein Oberkörper richtete sich steif auf. Er rieb sein leeres Handgelenk an seinem weißen struppigen Backenbart. »Wußte nich, daß du hier bist«, sagte er zu Curleys Frau.

Als er keine Antwort bekam, trat er näher. »Du solltest nich hier schlafen«, sagte er mißbilligend. Dann stand er neben ihr – »O Jesus Christus«, schrie er auf. Hilflos sah er sich um, seinen Bart reibend. Dann sprang er auf und stürzte aus der Scheune.

Die Scheune war inzwischen lebendig geworden. Die Pferde stampften und schnauften, sie kauten an ihrem Lagerstroh und ließen ihre Halfterketten erklingen. In diesem Augenblick kam Candy zurück, George mit ihm.

George fragte: »Weshalb wolltest du mich sprechen?«

Candy zeigte auf Curleys Frau. George starrte sie an. »... Was is mit ihr los?« fragte er. Er trat näher, und die gleichen Worte wie vorher Candy entschlüpften ihm. »O Jesus Christus«, und er war auf den Knien neben ihr. Er legte seine Hand auf ihr Herz. Langsam und steif stand er wieder auf, sein Gesicht war hart und gespannt wie aus Holz geschnitzt, und seine Augen hatten einen harten Ausdruck.

Candy fragte: »Wer hat das getan?«

George sah ihn kalt an. »Haste keine Ahnung?« fragte er. Candy schwieg. »Hätt es wissen können«, sagte George hoffnungslos. »Vielleicht, ganz tief unten, hab ich's gewußt.«

Candy fragte: »Was wer'n wir jetz tun, George? Was wer'n wir tun?«

George brauchte lange, bis er die Antwort fand. »Ich denke ... wir wer'ns den andern Burschen sagen müssen. Wir wer'n ihn kriegen und einsperren müssen. Können ihn nich davonkommen lassen. Ach, armer Kerl – würde ja verhungern.« Er suchte, sich zu beschwichtigen. »Mag sein, se sperren ihn ein un sind nett mit ihm.«

Aber Candy sagte erregt: »Wir sollten ihn entwischen lassen. Du kennst diesen Curley nich. Er wird alles dransetzen, daß er gelyncht wird. Curley wird ihn töten.«

George hing an Candys Lippen. »Hast recht«, sagte er, »jawoll, das wird Curley tun. Un die andern Burschen auch.« Er blickte zurück auf Curleys Frau.

Und nun sprach Candy seine größte Angst aus. »Du un ich könn' aber doch die kleine Farm bekommen, ja? Du un ich könn' dort hingehn un 'n nettes Leben ha'm, nich? Nich wahr, George?«

Bevor George antwortete, senkte Candy den Kopf und blickte in höchster Not auf den Boden. Er wußte ...

George sagte leise: »Ich glaub, ich hab's von Anfang an gewußt. Mich dünkt, ich wußte, wir würden's nie schaffen. Er hörte so gern davon reden, daß ich schließlich selber glaubte, 's könnte wahr wer'n.«

»Is es nu ganz aus?« fragte Candy jammernd.

George beantwortete die Frage nicht. Er sagte: »Ich werde den ganzen Monat arbeiten un meine fünfzig Dollar nehmen un in 'ner lausigen Spelunke übernachten. Oder in 'ner Spielhalle sitzen, bis alle andern raus sind. Un dann werd ich wiederkommen un wieder 'n Monat arbeiten un fünfzig Dollar mehr ha'm.«

Candy sagte: »Er is so 'n netter Bursch. Hab nich gedacht, daß er so was tun könnte.«

George starrte auf Curleys Frau. »Lennie hat's nich aus Gemeinheit getan«, sagte er. »Hat immerfort Schlimmes angerichtet, aber nie aus Gemeinheit.« Er richtete sich auf und blickte auf Candy zurück. »Du paß auf. Wir wer'ns den Jungs sagen. Se wer'n ihn wohl in die Stadt schleppen, denk ich. 's gibt keinen anderen Ausweg. Vielleicht tun se ihm kein Leid an.« Scharf fügte er hinzu: »Ich werd's nich dulden, daß se ihm ein Leid antun. Nu paß du auf. Die Burschen könnten denken, ich wär mit im Spiel. Ich geh jetzt zum Schlafsaal, 'n Augenblick drauf kommst du raus un sagst den Burschen davon, un ich komm dazu un tu, als hätt ich se nie hier gesehn. Willste das machen? Damit de Burschen nich denken, ich wär mit im Spiel?«

»Sicher«, antwortete Candy. »Sicher will ich das tun.«

»Also gut. Gib mir 'n paar Minuten Zeit, un dann kommste rausgerannt, als hättest se eben gefunden. Ich geh jetzt.« George machte kehrt und verließ schnell die Scheune.

Der alte Candy sah ihn gehen. Hilflos schaute er auf Curleys Frau, und allmählich brach sein eigener Kummer und Zorn in Worte aus. »Gottverdammte Landstreicherin«, sagte er erbost. »Du hast's getan, nich? Wirst noch froh drüber sein.« Er wandte sich der Toten zu. »Jeder wußte, daß du Unheil stiften würdest. Hast nix getaugt. Nix biste wert, du lausige Hure.« Er schnaufte, und seine Stimme schlug um. »Hätte 'n Garten umgraben und Geschirr abwaschen könn' für die Burschen.« Er machte eine Pause, und dann fuhr er halb im Sington fort, die alten Worte wiederholend: »Wenns 'n Zirkus gäbe oder 'n Fußballspiel, dann wär'n wir hingegangen ... hätten bloß gesagt: ›zum Teufel mit der Arbeit‹, und wär'n gegangen. Hätten niemand gefragt. Un 'n Schwein wär da gewesen un Hühner ... un im Winter ... 'n kleiner runder Ofen ... un wenns regnet ... würd'n wir drinne sitzen ...!« Aus seinen Augen stürzten Tränen, daß er nichts mehr sah, und er tastete sich aus der Scheune und rieb seinen struppigen Bart mit dem Armstummel.

Draußen hatte der Lärm des Hufeisenspieles aufgehört. Man hörte ein Durcheinander von fragenden Stimmen, ein Gepolter von laufenden Füßen, und die Männer stürmten in die Scheune. Slim und Carlson und der junge Whit und Curley, und Crooks unbemerkt hinterher. Hinterdrein kam Candy, und zu allerletzt George. George hatte seinen blauen Drillichrock angezogen und ihn zugeknöpft, und den schwarzen Hut hatte er tief ins Gesicht gezogen, daß er die Augen beschattete. Die Männer stürzten vorwärts zur hintersten Box. Im Düstern fanden ihre Augen Curleys Frau, und sie standen still und sahen sie an.

Slim beugte sich ruhig über sie und befühlte ihren Puls. Sein kleiner schmaler Finger berührte ihre Wange, und dann schob er die Hand unter den leicht umgedrehten Nacken und tastete ihr Genick ab. Als er wieder aufstand, waren die Männer dicht um ihn geschart, und der Bann schien gebrochen.

Curley erwachte zur Besinnung. »Ich weiß, wer's getan hat«, schrie er auf. »Dieser große Hundsfott hat's getan. Ich weiß, daß er's war. Jawoll, alle andern waren ja draußen beim Hufeisenspiel.« Er steigerte sich in die Wut hinein. »Ich werd 'n kriegen. Ich geh mein Gewehr holen. Werd den Hundsfott selber töten. Werd ihn in den Bauch schießen. Kommt mit, Burschen.« Wütend rannte er aus der Scheune. Carlson sagte: »Ich geh meine Luger-Pistole holen«, und rannte auch hinaus.

Slim wandte sich ruhig zu George. »Ich vermute, daß Lennie es getan hat, ja«, sagte er. »Ihr Genick is gebrochen. Das kann Lennie getan haben.«

George gab keine Antwort, aber er nickte langsam. Sein Hut hing ihm so tief ins Gesicht, daß seine Augen bedeckt waren.

Slim fuhr fort: »Vielleicht so wie damals in Weed, wie du mir erzählt hast.«

Wieder nickte George.

Slim seufzte. »Na, ich denk mir, wir wer'n ihn kriegen. Wohin denkste, daß er gelaufen is?«

George schien etwas Zeit zu brauchen, um Worte zu finden. »Er … wird wohl nach Süden gegangen sein. Wir sind von Norden gekommen, so wird er wohl südwärts gelaufen sein.«

»Ich denke mir, wir wer'n ihn kriegen«, wiederholte Slim.

George hielt kurz an. »Könnten wir ihn nich in die Stadt bringen un ihn einsperren lassen? Er is nich bei Trost, Slim. Er hat das bestimmt nich aus Gemeinheit getan.«

Slim nickte. »Vielleicht. Wenn wir Curley zurückhalten können, dann vielleicht. Aber Curley wird ihn erschießen wollen. Curley is immer noch wütend wegen seiner Hand. Wahrscheinlich würden sie 'n einsperren un festbinden un ihn hinter Gitter tun. Das taugt auch nix, George.«

»Ich weiß«, sagte George. »Ich weiß.«

Carlson kam hereingerannt. »Der Bastard hat meine Pistole gestohlen«, schrie er. »Is nich mehr in meinem Ranzen.« Curley folgte ihm, ein Schießgewehr in der Hand. Er war jetzt eiskalt.

»Macht nix, Burschen«, sagte er. »Der Nigger hat 'n Gewehr. Nimm du's, Carlson. Und wenn du 'n siehst, üb keine Gnade. Schieß ihn in 'n Bauch. Das hilft ihm sicher hinüber.«

Whit rief erregt: »Ich hab kein Gewehr.«

Curley sagte: »Du gehst nach Soledad und zeigst ihn an. Bei Al Wilts, der is stellvertretender Sheriff. Jetzt los.« Er wandte sich an George. »Du kommst mit uns, Bursche.«

»Ja«, sagte George, »ich komm mit. Aber hör, Curley. Der arme Hund is nich bei Trost. Erschieß ihn nich. Er wußte nich, was er tat.«

»Ihn nich erschießen? Er hat Carlsons Pistole. 'türlich wer'n wir ihn erschießen.«

George sagte mit schwacher Stimme: »Vielleicht hat Carlson seine Pistole verlegt.«

»Hab se heute morgen noch gesehn«, sagte Carlson. »Nein, sie is gestohlen.«

Slim stand immer noch in Betrachtung von Curleys Frau. »Curley«, sagte er, »wär's nich besser, du bliebst hier bei deiner Frau?«

Curley wurde feuerrot. »Ich geh los«, sagte er. »Ich werd dem großen Bastard selber die Gedärme rausschießen, auch wenn ich bloß eine Hand hab. Wir wer'n ihn kriegen.«

Slim wandte sich zu Candy. »Dann bleib du hier bei ihr, Candy. Wir andern tun besser dran, loszugehn.«

Sie machten sich auf. George verweilte einen Augenblick bei Candy, und beide blickten auf die Tote, bis Curley ausrief: »Du, George, du bleibst bei uns, sonst müssen wir denken, du hättst was damit zu tun.«

George bewegte sich schwerfällig hinter ihnen her, sein Fuß schien zu schleppen.

Als sie gegangen waren, legte sich Candy platt auf das Heu und sah Curleys Frau ins Gesicht. »Arme Hure«, sagte er milde.

Die Fußtritte der Männer verklangen. In der Scheune dunkelte es allmählich, und in ihren Boxen rührten die Pferde die Füße und rasselten mit den Halfterketten. Der alte Candy legte sich ins Heu nieder und deckte sein Gesicht mit dem Arm zu.

VI

Der tiefe Teich, den der Salinas-Fluß bildet, lag noch in der Beleuchtung des Spätnachmittags. Die Sonne hatte bereits das Tal verlassen und kletterte die Abhänge des Gabilan-Gebirges hinauf, und die Gipfel der Berge erglühten in der Sonne. Aber auf dem Teich zwischen den gesprenkelten Maulbeerbäumen war ein friedlicher Schatten gebreitet.

Eine Wasserschlange glitt leichthin über den Teich, ihr leuchtendes Köpfchen hin und her wendend; sie schwamm den Teich entlang und geriet zu Füßen eines Reihers, der reglos im Seichten stand. Lautlos senkte er Kopf und Schnabel hinab, pickte die Schlange beim Kopf und ließ sie im Schnabel verschwinden, während ihr Schwanz noch wild zappelte.

Von fernher erbrauste ein Wind und fuhr in wellenförmigen Stößen durch die Gipfel der Bäume. Die silberweißen

Seiten der Maulbeerblätter drehten sich nach oben, und die braunen dürren Blätter auf dem Boden wirbelten ein paar Fuß weit dahin. Und kleine Windwellen kräuselten reihenweise das Wasser des grünen Teiches.

So schnell, wie er gekommen war, legte sich der Wind, und die Lichtung war wieder in Stille getaucht. Der Reiher stand im Seichten, reglos und wartend. Eine andere Wasserschlange kam den Teich heraufgeschwommen, das leuchtende Köpfchen von einer Seite zur andern drehend.

Plötzlich tauchte Lennie aus dem Gebüsch auf; er kam leise heran, wie ein Bär schleicht. Der Reiher schlug mit den Flügeln in die Luft, schüttelte das Wasser von sich ab und flog flußabwärts. Das Schlänglein schlüpfte in das Schilf am Teichufer.

Lennie kam ruhig bis an den Rand des Teiches. Er kniete nieder und trank; kaum berührten seine Lippen die Oberfläche des Wassers. Als ein Vögelchen über die dürren Blätter hinter ihm tänzelte, riß er den Kopf jäh empor und folgte dem Laut angestrengt mit Auge und Ohr, bis er das Vögelchen bemerkte, und dann senkte er den Kopf wieder und trank weiter.

Als er damit fertig war, setzte er sich am Ufer nieder, seitlich zum Teich, so daß er den Flußlauf beobachten konnte. Er umschlang seine Knie mit den Armen und legte den Kopf darauf.

Das Licht kletterte höher, zum Tal hinaus, und wie es anstieg, erglühten die Berge in stärkerem Leuchten.

Lennie sagte leise: »Hab's nich vergessen, wahrhaftig, verdamm's Gott. Im Gebüsch verstecken und auf George warten.« Er zog den Hut tief über die Augen. »George wird mir die Hölle heißmachen«, sagte er vor sich hin.

112

»George wird wünschen, er wär allein un ich plagte ihn nich.« Er drehte den Kopf um und blickte auf die leuchtenden Berggipfel. »Kann dorthin gehn un 'ne Höhle finden«, murmelte er. Traurig fuhr er fort: » ... werd nie wieder Ketchup bekommen ... aber das is ja gleich. Wenn George mich nich mehr will, so werd ich weggehn ... werde weggehn.«

Da stieg aus Lennies Kopf das Bild einer kleinen rundlichen Frau auf. Sie trug eine Brille mit dicken Gläsern und eine baumwollene Schürze mit Taschen, alles gestärkt und blitzsauber. Sie stand vor Lennie, die Hände auf den Hüften, und zog die Stirn mißbilligend in Falten.

Als sie sprach, hatte sie Lennies Stimme: »Hab's dir gesagt und gesagt«, redete sie auf ihn ein. »Hab dir gesagt: ›Folg George, weil er so 'n netter Bursche is, un so gut zu dir.‹ Aber du nimmst dich nie nich in acht. Immer stellste dummes Zeug an.«

Und Lennie antwortete ihr: »Hab's versucht, Tante Klara. Hab's immer wieder versucht. Konnt's nich helfen.«

»Nie denkste an George«, fuhr sie mit Lennies Stimme fort. »Er hat dir die ganze Zeit Gutes erwiesen. Wenn er 'n Stück guten Kuchen hatte, dann haste immer die Hälfte oder mehr gekriegt. Und wenn's Ketchup gab, na, dann hat er dir immer alles gegeben.«

»Ich weiß«, sagte Lennie jämmerlich. »Hab's versucht, Tante Klara. Immer wieder versucht.«

Sie unterbrach ihn. »Die ganze Zeit hätte er so 'n gutes Leben haben können, bloß wegen dir nich. Er hätte seinen Lohn einstreichen können un sich in 'nem Freudenhaus vergnügen, oder im Spielhaus sitzen un spielen. Aber er mußte für dich sorgen.«

Lennie stöhnte vor Kummer. »Weiß wohl, Tante Klara. Ich will dort in die Hügel gehn und 'ne Höhle finden un dort leben, damit ich George keinen Verdruß nich mehr mache.«

»Sag das bloß«, erwiderte sie scharf. »Das sagste immer, un du weißt vermaledeit gut, daß de's nie tun wirst. Wirst immer an ihm kleben und, bei Jesus, George immerfort plagen.«

Lennie sagte: »Kann grad so gut weggehn. George läßt mich jetzt doch nich de Kaninchen versorgen.«

Tante Klara entschwand, und heraus aus Lennies Kopf stieg ein mächtig großes Kaninchen. Es saß auf seinen Hinterpfoten vor ihm, wackelte mit den Ohren und zog die Nase kraus. Und es sprach auch mit Lennies Stimme.

»Kaninchen versorgen«, sagte es höhnisch. »Du verrückter Bastard. Bist 's nich wert, keinem Kaninchen nich die Füße zu lecken. Würdest se vergessen, un se würden hungern. So würdstes machen. Un was würde George davon denken?«

»Würde se nich vergessen«, sagte Lennie laut.

»Zum Teufel auch, du würdst se vergessen«, sagte das Kaninchen. »Wärst nich die gut geschmierte Teufelsnadel wert, mit der man dich in die Hölle bohren sollte. Bei Christus, George hat alles getan, um dich aus dem Pfuhl zu ziehn, aber es nützt nix. Wenn de dir einbildest, George würde dich Kaninchen versorgen lassen, dann biste noch verrückter als sonst. Wird er nich tun. Wird dir mit 'n Stock die Hölle austreiben, jawoll, das wird er tun.«

Lennie gab kampfbereit zurück: »Das wird George auch nich tun. So was wird George nie nich tun. Ich kenne George – ich weiß nich mehr seit wann – un nie hat er die

Hand mit 'n Stock gegen mich aufgehoben. Er is nett zu mir. Er wird nich gemein wer'n.«

»Na, er hat dich satt«, sagte das Kaninchen. »Er wird dir die Hölle mit Prügeln austreiben, un dann wird er weggehn un dich alleine lassen.«

»Das wird er nich tun«, schrie Lennie wild. »Nix so wird er tun. Ich kenne George. Er un ich tippeln zusammen.«

Aber das Kaninchen wiederholte beharrlich immer wieder: »Er wird dich verlassen, du verrückter Bastard. Wird dich alleine lassen. Wird dich verlassen, verrückter Bastard, verlassen, verlassen.«

Lennie hielt sich mit den Händen die Ohren zu. »Das wird er nich«, schrie er, »das wird er nich. O George – George – George«, begann er zu rufen.

George kam ruhig aus dem Gebüsch hervor, und das Kaninchen verschwand in Lennies Gehirn.

George sagte ruhig: »Was zum Teufel brüllste so?«

Lennie stürzte auf seine Knie: »Du wirst mich doch nich verlassen, George? Nein, ich weiß, das wirste nich.«

Steif kam George näher und setzte sich neben ihn. »Nein.«

»Das wußte ich«, rief Lennie aus. »So biste nich.«

George schwieg.

Lennie sagte: »George!«

»Was?«

»Hab wieder was Schlimmes angerichtet.«

»Macht nix«, sagte George und verfiel wieder in Schweigen.

Nur noch die obersten Berggipfel waren jetzt von der Sonne bestrahlt. Der Schatten im Tal war blau und milde. Aus der Ferne kam der Klang von Männerstimmen, die ein-

ander etwas zuriefen. George drehte den Kopf um und
lauschte auf die Rufe.

Lennie sagte: »George!«

»Was?«

»Machste mir nu nich de Hölle heiß?«

»Dir de Hölle heiß machen?«

»Gewiß, wie du's mir jedesmal gemacht hast. Zum Beispiel: ›Wenn ich dich nich hätte, würde ich meine fünfzig
Dollar nehmen …‹«

»Jesus Christus, Lennie, du kannst nix behalten, was passiert, aber du behältst jedes Wort, was ich sage.«

»Und? Wirste das nu nich sagen?«

George schüttelte sich. Hölzern sagte er: »Wenn ich allein wär, könnte ich so bequem leben.« Seine Stimme war
eintönig, ohne Kraft. »Ich könnte eine Arbeit kriegen un
hätte kein' Verdruß.« Er brach ab.

»Weiter«, sagte Lennie. »Und am Ende des Monats …«

»Und am Ende des Monats könnte ich meine fünfzig Taler einstecken un in 'n … Freudenhaus gehn …« Er brach
wieder ab.

Lennie schaute ihn begierig an. »Weiter, George. Wirste
mir die Hölle nich heißer machen?«

»Nein«, sagte George.

»Na, ich kann weggehn«, sagte Lennie. »Werde dort in
die Hügel gehn un mir 'ne Höhle suchen, wenn de mich
nich willst.«

George schüttelte sich wieder. »Nein«, sagte er. »Ich will,
daß de hier bei mir bleibst.«

Pfiffig sagte Lennie: »Erzähl mir wie früher!«

»Was erzählen?«

»Wegen der andern Jungs un uns.«

George sagte: »Leute wie wir ha'm keine Familie. Se legen 'n bißchen was auf die hohe Kante, un dann lassen se's auffliegen. Ha'm niemand nich in der Welt, der 'n Pfifferling nach ihnen fragt ...«

»Aber nich so mit uns«, rief Lennie glücklich. »Erzähl jetz von uns.«

George schwieg einen Augenblick. »Aber nich so mit uns«, sagte er dann.

»Weil ich dich hab un ...«

»Un ich hab dich. Wir ha'm einander, das is es, un das is höllisch gut so«, rief Lennie triumphierend aus.

Das Abendlüftchen blies über die Lichtung, und die Blätter raschelten, und die Wellen kräuselten sich leicht auf dem grünen Teich. Die Männerstimmen erklangen wieder, diesmal viel näher als vorher.

George nahm seinen Hut ab. Zitternd sagte er: »Nimm deinen Hut ab, Lennie. 's herrliche Luft.«

Folgsam setzte Lennie seinen Hut ab. Er legte ihn vor sich hin auf den Boden. Die Schatten des Tales wurden blauer, und der Abend stieg schnell heran. Windstöße brachten ein Knistergeräusch im Gebüsch näher.

Lennie sagte: »Erzähl, wie's sein wird.«

George hatte auf die Töne aus der Ferne gelauscht. Für einen Augenblick tat er ganz sachlich. »Schau über den Fluß rüber, Lennie, dann will ich dir erzählen, daß de's fast sehn kannst.«

Lennie drehte den Kopf um und blickte über den Teich hinüber auf die dunkelnden Hänge des Gabilan-Gebirges. »Wir wer'n 'n kleines Gut ha'm«, begann George. Er langte in seine Seitentasche und holte Carlsons Luger-Pistole heraus. Er entsicherte sie. Hand und Pistole lagen auf dem Erd-

117

boden, hinter Lennies Rücken. George richtete den Blick scharf auf Lennies Hinterkopf, da wo Rückgrat und Schädel aneinanderstoßen.

Eine Männerstimme tönte vom oberen Ufer her, und eine andre antwortete. »Weiter«, sagte Lennie.

George hob die Pistole. Seine Hand zitterte, so daß er sie wieder zu Boden legte.

»Weiter«, bettelte Lennie. »Sag, wie's sein wird. Wir wer'n 'n kleines Gut ha'm.«

»Wir wer'n 'ne Kuh ha'm«, sagte George. »Un vielleicht 'n Schwein un Hühner … un weiter unten auf dem Grundstück wer'n wir 'n Kleefeld ha'm …«

»Für de Kaninchen«, fiel Lennie ein.

»Für de Kaninchen«, wiederholte George.

»Un ich werd de Kaninchen versorgen.«

»Un du wirst de Kaninchen versorgen.«

Lennie gluckste vor Glück. »Un vom Fett der Erde leben!«

»Ja.«

Lennie kehrte den Kopf um.

»Nein, Lennie. Guck da rüber übern Fluß, als könntest du's grade vor dir sehn.«

Lennie gehorchte. George sah auf die Pistole hinunter. Jetzt hörte man das Knistern von Fußtritten auf dem Laubboden. George wandte sich um und blickte in die Richtung, aus der sie kamen.

»Weiter, George. Wann wer'n wir's machen?«

»Wer'ns bald machen.«

»Du un ich.«

»Ja – du un ich. Un jeder wird nett mit dir sein. 's wird kein' Ärger mehr geben. Niemand wird mehr verletzt wer'n, und keiner wird mehr stehlen.«

Lennie sagte: »Dachte, du wärst wütend auf mich, George.«

»Nein«, sagte George. »Nein, Lennie. Bin nich wütend. War nie wütend auf dich, un bin's jetz nich. Un ich will, daß de das weißt.«

Die Stimmen kamen nun ganz dicht heran. George hob die Pistole und lauschte dem Stimmenklang.

Lennie bat: »Wolln's jetz machen. Wolln die Farm jetz nehmen.«

»Bestimmt. Gleich jetz. Ich werd sie nehmen. Wir wer'n sie nehmen.«

George erhob die Pistole, machte sie fest und richtete die Mündung genau auf Lennies Hinterkopf. Seine Hand zitterte heftig, aber sein Gesicht straffte sich, und so wurde die Hand fest. Dann zog er den Hahn. Der Knall lief die Hügel hinauf und wieder hinab. Lennie schrie auf, dann kam er vornüber im Sand zu liegen. Reglos lag er da.

George erbebte und blickte auf die Pistole, und dann warf er sie von sich, rückwärts, in die Nähe des alten Aschenhaufens.

Das Gebüsch füllte sich an mit Geschrei und dem Geräusch sich nähernder Füße. Slims Stimme schrie: »George! Wo bist du, George?«

Aber George saß unbeweglich am Ufer und schaute auf seine rechte Hand, welche die Pistole weggeworfen hatte. Die Gruppe stürmte in die Lichtung. Curley an der Spitze. Er sah Lennie im Sand liegen. »Du hast 'n gekriegt, bei Gott!« Er ging heran und blickte hinunter zu Lennie, und dann zurück zu George. »Genau in den Hinterkopf«, sagte er leise.

Slim kam direkt auf George zu und setzte sich zu ihm in den Sand, ganz dicht neben ihn. »Gräm dich nicht«, sagte er. »Manchmal kann man nicht anders.«

Aber Carlson stand oberhalb von George.

»Wie haste's gemacht?« fragte er.

»Hab's eben gemacht«, sagte George müde.

»Hatte er meine Pistole?«

»… Ja – er hatte deine Pistole.«

»Un du hast se ihm weggenommen, un nahmst se an dich un hast 'n getötet?«

»… Ja – so wars.« Georges Stimme sank fast zu einem Flüsterton hinab. Er blickte beständig auf seine rechte Hand, welche die Pistole gehalten hatte.

Slim zog George am Ellbogen. »Komm, George … Du un ich woll'n eins trinken gehn.«

George ließ sich auf die Beine helfen. »Ja, eins trinken.«

Slim sagte: »Du mußtest so handeln, George. Ich schwör dir, du mußtest. Komm mit mir.«

Er führte George zum Fußweg durchs Gehölz und weiter zur Landstraße hinauf.

Curley und Carlson sahen ihnen nach. Carlson sagte: »Was zum Teufel ist denn mit den beiden los?«

Bei dem geistig zurückgebliebenen Lennie liegen Zärtlichkeit und Gewalt dicht beieinander. In seiner Suche nach einer besseren Welt zerstört er sein Leben und das Leben anderer. – Immer wieder erscheinen die Triebe bei Steinbeck als Motor menschlichen Handelns. Anders als bei zahlreichen anderen Naturalisten aber glaubt er an die Möglichkeit des Menschen, sich aus seinen Zwängen zu befreien – und an ein selbstbestimmtes Leben in Freiheit.

Der Autor

John Ernst Steinbeck, amerikanischer Erzähler deutschsprachiger Abstammung, geboren am 27. Februar 1902 in Salinas, wuchs in Kalifornien auf. 1918 bis 1924 Studium der Naturwissenschaften an der Stanford University, Gelegenheitsarbeiter, danach freier Schriftsteller in Los Gatos bei Monterey. Im Zweiten Weltkrieg Kriegsberichterstatter, 1962 Nobelpreis für Literatur. Gestorben am 20. Dezember 1968 in New York. Einige Werke: ›Tortilla Flat‹ (1935, dt. 1943), ›Früchte des Zorns‹ (1939, dt. 1940), ›Die Straße der Ölsardinen‹ (1945, dt. 1946), ›Jenseits von Eden‹ (1952, dt. 1953).

John Steinbeck im dtv

»John Steinbeck ist der glänzendste Vertreter
der leuchtenden Epoche amerikanischer Literatur
zwischen zwei Weltkriegen.«
(Ilja Ehrenburg)

Früchte des Zorns
Roman · dtv 10474

Autobus auf Seitenwegen
Roman · dtv 10475

**Der rote Pony
und andere Erzählungen**
dtv 10613

Die Straße der Ölsardinen
Roman · dtv 10625

Das Tal des Himmels
Roman · dtv 10675

Die Perle
Roman · dtv 10690

Tagebuch eines Romans
dtv 10717

Tortilla Flat
Roman · dtv 10764

Wonniger Donnerstag
Roman · dtv 10776

Eine Handvoll Gold
Roman · dtv 10786

Von Mäusen und Menschen
Roman · dtv 10797

Jenseits von Eden
Roman · dtv 10810

Meine Reise mit Charley
Auf der Suche nach Amerika
dtv 10879

**König Artus und die Heldenta-
ten der Ritter seiner Tafelrunde**
dtv 11490

An den Pforten der Hölle
Kriegstagebuch 1943
dtv 11712

Gabriel García Márquez im dtv

»Die Pflicht jedes revolutionären Schriftstellers ist,
gut zu schreiben.«
(Gabriel García Márquez)

Laubsturm
Roman · dtv 1432

Der Herbst des Patriarchen
Roman · dtv 1537

**Der Oberst hat niemand,
der ihm schreibt**
Roman · dtv 1601

Die böse Stunde
Roman · dtv 1717

Augen eines blauen Hundes
Erzählungen · dtv 10154

Hundert Jahre Einsamkeit
Roman · dtv 10249
Die Geschichte vom Aufstieg und
Niedergang der Familie Buendía
und ihres Dorfes Macondo.

Die Geiselnahme
dtv 10295
Ein sandinistisches Guerillakommando preßt politische Gefangene
aus den Folterkammern des
Somoza-Regimes frei.

**Chronik eines angekündigten
Todes**
Roman · dtv 10564

**Die unglaubliche und traurige
Geschichte von der einfältigen
Eréndira und ihrer herzlosen
Großmutter**
dtv 10881

**Die Liebe in den Zeiten
der Cholera**
Roman · dtv 11360

Der Beobachter aus Bogotá
Journalistische Arbeiten
1954 – 1955
dtv 11459

Das Abenteuer des Miguel Littín
dtv 12110

Oscar Collazos:
**Gabriel García Márquez
Sein Leben und sein Werk**
dtv 11108

T. C. Boyle im dtv

>>Spannend leben oder spannend schreiben –
beides paßt nicht zusammen.<<
(T. C. Boyle)

World's End
Roman · dtv 11666
Ein fulminanter Generationenroman um den jungen Amerikaner
Walter Van Brunt, seine Freunde
und seine holländischen Vorfahren, die sich im 17. Jahrhundert im
Tal des Hudson niederließen.

Greasy Lake und andere Geschichten
dtv 11771
Geschichten von bösen Buben und
politisch nicht einwandfreien Liebesaffären, von Walen und
Leihmüttern – mit wenigen Strichen umreißt Boyle die ganze
Atmosphäre der siebziger Jahre in
Amerika.

Grün ist die Hoffnung
Roman · dtv 11826
Drei schräge Typen wollen in den
Bergen nördlich von San Francisco
Marihuana anbauen, um endlich
ans große Geld zu kommen. Aber
die Natur ist widerspenstig – und
Hanf ist ein empfindsames Pflänzchen ...

Wenn der Fluß voll Whisky wär
Erzählungen · dtv 11903
Vierzehn Geschichten aus Amerika: vom Kochen und von Alarmanlagen, von Fliegenmenschen,
mörderischen Adoptivkindern,
dem Teufel und der heiligen Jungfrau.

Willkommen in Wellville
Roman · dtv 11998
1907, Battle Creek, Michigan. Im
Sanatorium des Dr. Kellogg läßt
sich die Oberschicht der USA mit
vegetarischer Kost von ihren Zipperlein heilen. Unter ihnen Will
Lightbody. Sein einziger Trost: die
liebevolle Schwester Irene. Doch
Sex hält Dr. Kellogg für die
schlimmste Geißel der Menschheit ...

Der Samurai von Savannah
Roman · dtv 12009
Als der japanische Matrose Hiro
Tanaka irgendwo vor der Küste
Georgias von Bord seines Frachters
springt, ahnt er nicht, was ihm in
Amerika blüht ...

Umberto Eco im dtv

»Texte haben keinen Autor, allenfalls Autoren.«
(Umberto Eco)

Lector in fabula
Die Mitarbeit der Interpretation in
erzählenden Texten
dtv 4531

**Kunst und Schönheit im
Mittelalter**
dtv 4603

Die Grenzen der Interpretation
dtv 4644

Der Name der Rose
Roman · dtv 10551
Daß er in den Mauern der prächti-
gen Benediktinerabtei das Echo
eines verschollenen Lachens hören
würde, damit hat der Franziska-
nermönch William von Baskerville
nicht gerechnet. Zusammen mit
Adson von Melk, seinem jugendli-
chen Adlatus, ist er in einer höchst
delikaten Mission unterwegs ...

**Nachschrift zum ›Namen der
Rose‹**
dtv 10552

Über Gott und die Welt
Essays und Glossen · dtv 10825

**Über Spiegel und andere
Phänomene**
dtv 11319

Das Foucaultsche Pendel
Roman · dtv 11581
Drei Verlagslektoren stoßen auf
ein geheimnisvolles Tempelritter-
Dokument aus dem 14. Jahrhundert. Die Spötter stürzen sich in
das gigantische Labyrinth der
Geheimlehren und entwerfen
selbst einen Weltverschwörungs-
plan. Doch da ist jemand, der sie
ernst nimmt ...

Platon im Striptease-Lokal
Parodien und Travestien
dtv 11759

**Wie man mit einem Lachs
verreist
und andere nützliche Ratschläge**
dtv 12039

Margriet de Moor im dtv

> »Ich möchte meinen Leser genau in diesen
> zweideutigen Zustand versetzen,
> in dem die Gesetze der Wirklichkeit aufgehoben sind.«
> (Margriet de Moor)

Rückenansicht
Erzählungen · dtv 11743
Sophie war noch ein junges
Mädchen, als ihre Eltern nach
Australien auswanderten. Zum
Familienbesuch kehrt sie in die
Niederlande zurück. Was wirklich
war, erfährt sie erst jetzt im Rück-
blick; was sein könnte, zeigt ihr
die Begegnung mit einem Jugend-
freund. Plötzlich scheint alles
möglich.

Doppelporträt
Drei Novellen · dtv 11922
In der Kindheit der beiden Schwe-
stern gibt es einen faszinierenden
Fremden, den Spanier, der ein
Porträt ihrer Mutter malte. Mit
ihm werden die aufregenden
Dinge, die in ihren Büchern stehen, beinahe Wirklichkeit. Viele
Jahre später, sie sind inzwischen
erwachsen und haben selbst Familie, machen sie sich auf die Suche
nach ihm ...

Erst grau dann weiß dann blau
Roman · dtv 12073
Eines Tages ist sie verschwunden,
einfach fort. Ohne Ankündigung
verläßt Magda ihr angenehmes
Leben, die Villa am Meer, den kul-
tivierten Ehemann. Und ebenso
plötzlich ist sie wieder da. Über
die Zeit ihrer Abwesenheit verliert
sie kein Wort. Die stummen Fragen ihres Mannes beantwortet sie
nicht.

»De Moor erzählt auf eine uner-
hört gekonnte Weise. Ihr gelingen
die zwei, drei leicht hingesetzten
Striche, die eine Figur unverkenn-
bar machen. Und sie hat das
Gespür für das Offene, das Rätsel,
das jede Erzählung behalten muß,
von dem man aber nie sagen
kann, wie groß es eigentlich sein
soll und darf.« (Christof Siemes
in der ›Zeit‹)

dtv
Die Taschenbibliothek

Heinrich Böll
Irisches Tagebuch · dtv 8301

Doris Lessing
Die andere Frau · dtv 8302

Johann Wolfgang Goethe
Vier Jahreszeiten · dtv 8303

Umberto Eco
Streichholzbriefe · dtv 8304

William Shakespeare
Sonette · dtv 8305

Gabriel García Márquez
Chronik eines angekündigten
Todes · dtv 8306

Siegfried Lenz
Der Geist der Mirabelle · dtv 8307

Heinrich Heine
Deutschland. Ein Wintermärchen
dtv 8308

Edgar Allan Poe
Grube und Pendel · dtv 8309

Margriet de Moor
Bevorzugte Landschaft · dtv 8310

Ovid
Liebeskunst · dtv 8311

Heinrich von Kleist
Die Marquise von O... · dtv 8312

John Steinbeck
Von Mäusen und Menschen
dtv 8313

Joseph von Eichendorff
Aus dem Leben eines Taugenichts
dtv 8314

Daphne Du Maurier
Der kleine Fotograf · dtv 8315

Friedrich Nietzsche
Vom Nutzen und Nachtheil
der Historie für das Leben
dtv 8316

Günter Grass
Katz und Maus · dtv 8317

Theodor Fontane
Geschwisterliebe · dtv 8318

Botho Strauß
Die Widmung · dtv 8319

T. C. Boyle
Moderne Liebe · dtv 8320